강서울 현대 판타지 소설
MODERN FANTASTIC STORY

탑스타의 재능 서고

탑스타의 재능 서고 1

강서울 현대 판타지 소설

초판 1쇄 찍은 날 § 2021년 3월 19일
초판 1쇄 펴낸 날 § 2021년 3월 26일

지은이 § 강서울
펴낸이 § 서경석

총괄팀장 § 노종아
편집책임 § 박현성
디자인 § 공간42

펴낸곳 § 도서출판 청어람
등록번호 § 제387-1999-000006호
등록일자 § 1999. 5. 31
어람번호 § 제1-3125호

주소 § 경기도 부천시 부일로 483번길 40 서경B/D 3F (우) 14640
전화 § 032-656-4452 팩스 § 032-656-4453
http://www.chungeoram.com
E-mail § chungeorambook@daum.net

ISBN 979-11-04-92328-9 04810
ISBN 979-11-04-92327-2 (세트)

강서울 현대 판타지 소설
MODERN FANTASTIC STORY

1

탑스타의
재능 서고

탑스타의
재능 서고

목차

제1장   1만 시간의 법칙 ·· 7

제2장   재능을 얻다 ·· 19

제3장   데뷔 평가 ·· 89

제4장   서바이벌에 뛰어들다 ·· 127

제5장   최고의 경연 ·· 185

제6장   드라마 인 드라마 ·· 269

제1장

1만 시간의 법칙

1만 시간의 법칙이라고 했다.

어떤 분야의 전문가가 되려면 최소한 1만 시간이 필요하다고.

그런데.

싸늘한 한마디가 내 심장을 향해 꽂혔다.

"이따위로밖에 못 해?"

3년 전에 소속사에 들어온 뒤, 정말 하루도 빠짐없이 연습에 매달렸다.

거의 10시간이 넘는 시간을 매일매일, 쉬지 않고 내 청춘을 쏟아부었다.

만 시간?

만 시간이라면 족히 넘었을 터였다.

전문가까지는 바라지도 않았다.

그 언저리, 아니, 중간이라도 제발 따라줬으면.

그렇게 바라고 또 바랐건만.

그런데도.

"이게 춤이야? 목각 인형도 너보단 잘 추겠다."

나는 여전히 이따위였다.

쏟아부은 노력이 밑 빠진 독에 물 넣기 수준일 정도로.

재능 없는 인간.

"후우."

한숨 소리와 함께.

한심하다는 듯한 최 실장의 눈초리가 이어졌다.

"죄송합니다. 다음에 더 연습해서……."

"연습? 누가 너 연습 열심히 한 거 모른대? 나도 알고, 뒤에 애 네들도 다 알아."

"……."

"넌 그냥 재능이 없는 거야, 알아?"

"죄송합니다."

뒤에 선 B반 연습생들 사이에서 비웃음이 터져 나왔다.

입술을 지그시 깨문 채 고개를 들었다.

입은 습관적으로 죄송하다는 말을 뱉어내고 있지만.

머리로는 글쎄, 잘 모르겠다.

타고나기를 재능이 없는 것을, 죄송해야 할 문제인지.

정말 열심히 노력했다.

남들 쉴 때도, 밥을 먹을 때에도.

데뷔, 그거 하나만 바라보면서.

반쯤 넋이 나간 얼굴로 우두커니 서 있던 순간이었다.

"상준아."

거듭 독설을 뱉어내던 최 실장이 마침내 비수를 꽂았다.

"관둬라."

"예?"

벼락이 머리에 내리꽂힌 기분이었다.

설마 잘못 들은 건가 싶어, 놀란 눈으로 그를 올려다보았다.

'너 아이돌 해볼 생각 없니?'

나를 데려온 것도, 가능성이 있다고 응원한 것도.

여기 있는 최 실장이었다.

내가 특출나지 않다는 걸 알면서도, 오직 그만 믿고서 여기까지 따라왔다.

그러니 지금도 그냥 정신 차리라고 던진 말일 거라고, 그렇게 믿고 싶었다.

하지만, 그는 냉정했다.

"새끼야, 노래 못 부르는 건 립싱크라도 하지. 춤까지 못 추면 어쩌자는 거야? 아이돌이 그렇게 만만해 보였어? 너, 데뷔는커녕 이제 여기 연습생으로도 못 있어. 그동안 네가 여기서 버틴 게……."

독설을 이어가던 최 실장이 말을 멈췄다.

크흠.

헛기침이 이어지고, 최 실장이 고개를 돌렸다.

"넌 얼굴은 되잖냐. 네가 아까워서 그런다."

"······."

"네 미래를 생각해서라도 놓아주는 게 맞으니. 이쯤에서 관둬라, 너도."

최 실장이 자주 하던 말이었다.

아이돌 연습생들 중에서도 가히 독보적인 마스크.

처음 들어올 때부터 데뷔는 따놓은 당상이라며 중얼거리던 말들.

물론.

춤 한 번 추고, 노래 한 번 부르고 나니 다 사그라든 소리였지만.

그게 아까우니, 차라리 배우라도 해보라는 소리였다.

물론, 지금 이 회사에서는 여력이 없었지만.

고로.

필요가 없으니, 나가서 네 갈 길을 찾아라.

돌려 돌려 그 말이었다.

"실장님."

나도 모르게 악에 받친 목소리가 튀어나왔다.

"내가 아는 기획사 소개해 줄게. 거기가 배우 쪽으로는······."

나름 나를 생각한답시고 던진 말이었으나, 결론은 변함이 없었다.

거기서도 데뷔할 보장 없이 마냥 기다려야 한다는 소리였으니.

차갑게 식은 내 얼굴을 본 최 실장이 담담하게 말을 뱉었다.

"내일까지 고민해 봐."

적지 않은 시간 동안 나를 봐온 이의 뒷모습치곤, 너무나 차갑고도 냉정했다.

덕분에 나 역시 차분한 목소리로 입을 열었다.

"네……."

이제 와서 그를 붙잡기엔, 내 재능이 너무도 형편없다는 것을 알았기 때문이었다.

분해서 미칠 것 같았지만, 그게 이곳의 현실이었다.

재능이 없는데 아이돌을 시켜달라는 건.

어린아이가 떼쓰는 것과 다를 게 없었으니까.

씁쓸한 한마디가 뒤를 이었다.

"내일까지 고민해 보겠습니다."

"……."

뒤에서 수군대는 다른 연습생들을 뒤로하고.

나는 유리문을 박차고 원래 있던 연습실로 돌아왔다.

"하아."

깊은 한숨이 적막한 연습실 안을 메웠다.

몸을 두툼하게 덮고 있었던, 무거운 코트를 집어 던지고는 거울을 노려보았다.

마지막으로라도 이 연습실을 누비고 싶은 충동이 차올랐다.

"정말 마지막이니까."

마지막으로 춤 한 번 추고.

깔끔하게 마음을 접어야지.

쉽게 그럴 수 없으리라는 걸 알면서도, 스스로를 향한 세뇌를 마치고.

손을 뻗어 마지막 연습곡을 틀었다.

두— 두두두.

빠른 일렉트로니카의 리듬이 몸을 깨웠다.

그 리듬에 몸을 맡긴 채.

두 팔을 앞으로 뻗었다.

"허억, 헉……."

거친 숨소리가 턱 밑까지 치고 올라오는데도.

이를 악문 채, 내 모습을 빤히 바라보았다.

삐걱거리는 움직임과 부자연스러운 시선 처리.

부정하고 싶어도, 눈앞의 저 목각 인형은 나였다.

"하. 정말 더럽게 못하네."

씁쓸한 탄식을 내뱉으며 신경질적으로 음악을 꺼버렸다.

울컥, 쌓아두었던 응어리가 목구멍을 치고 올라온다.

인정할 수밖에 없었다. 그렇게 열심히 했어도 나는 재능이 없다는 사실을.

"정말 때려치울까."

나도 모르게 작게 읊조리던 순간이었다.

번쩍.

환하게 연습실을 비추고 있던 조명이 꺼졌다.

지지직—.

낯선 마찰음에 경직된 어깨로 주위를 둘러보던 순간.

연습실의 조명이 완전히 암전되었다.

"뭐, 뭐야……."

정전인가.

갑작스러운 어둠에 눈앞이 잘 보이지 않는 탓에, 찌푸린 얼굴로 한 걸음을 내디뎠다.

그런데.

"때려치우게?"

"실… 실장님!"

인기척도 못 느꼈는데.

화들짝 놀란 얼굴로 벌떡 고개를 들었다.

어둠 탓에 잘 보이지 않았지만.

서늘하고도 냉철한 이 목소리는, 최 실장이 분명했다.

"왜 여기에……."

아까까지만 해도 내게 독설을 퍼붓던 최 실장이 눈앞에 서 있었다.

입술을 지그시 깨문 채 습관적으로 고개부터 숙였다.

때려치우라던 게 방금 전인데 또다시 재촉하는 듯한 그의 한 마디에, 나 역시 곱지 않은 투로 말이 나갔다.

"그만두는 건은 아직 고민 안 해봤습니다. 조금 더 시간을 주시면……."

"억울하지 않아?"

"…네?"

고개를 들어서 올려다본 최 실장은, 어쩐지 아까와는 다른 분위기를 하고 있었다.

평상시에도 충분히 냉철한 이미지였지만, 이번에는 묘하게 달랐다.

어둠 때문이었을까.

마치 신을 마주한 듯한 위압적인 분위기에, 나는 한 걸음 뒤로 물러섰다.

최 실장의 날카로운 목소리가 나를 몰아쳤다.

"그렇게 노력했는데도 안 돼서. 열받지도 않아, 넌?"

"그… 그게."

"재능이 없잖아, 넌."

묵직한 최 실장의 말이 이어졌다.

이렇게 날카로운 말을 던져서라도 강제로 나를 내쫓고 싶은 걸까.

둘만 남겨진 연습실까지 찾아와서 굳이 이런 식으로 말을 꺼내는 그의 의중을 알아챌 수 없어, 입술만 잘근거리던 순간이었다.

"재능, 갖고 싶어?"

"예?"

황당한 듯 묻는 내게, 최 실장이 기괴한 미소를 지으며 책을 내밀었다.

어둠 속에서도, 창틈으로 새어 들어오는 한 줄기 햇살 때문일까.

신비롭게 빛나는 듯한 책을 멍하니 내려다보았다.

나는 마른 입술로 조심스레 입을 열었다.

"방금 하신 말, 무슨 말씀이신지……."

"노력한 만큼, 재능이 가지고 싶다며."

그에게 그런 말을 한 적은 없었다.

머릿속으로는 수도 없이 외쳐댔겠지만.

하지만 그런 반박도 하기 전에, 그가 묵직한 책을 내 쪽으로 던졌다.

"가만히 지켜보려 했는데. 네가 조건을 달성했거든."

"조건이요?"

우두커니 서 있던 내 시선이, 책의 표지로 향했다.

『1만 시간의 법칙』.

그러면 그렇지.

겨우 이런 자기 계발서 하나 던져주겠다고, 친히 찾아오신 건가.

씁쓸한 미소를 애써 감추며, 또 습관적인 말을 내뱉으려 입을 열었다.

하지만, 최 실장의 말이 더 빨랐다.

"맘껏 노력해 봐."

"……."

"이제 네가 원하던 재능이 따라올 테니까."

무슨 뜬구름 잡는 소리냐고 묻고 싶었으나.

그럴 새도 없었다.

멀쩡하게 연설을 늘어놓던 최 실장의 눈빛이 돌연 흐려졌으니.

그리고 그와 동시에.

푸욱.

"실장님! 실장님……!"

최 실장의 몸이 기울어지며, 그대로 바닥에 고꾸라졌다.

"실장님, 정신 차리세요!"

갑작스럽게 일어난 상황에 당황한 터라.

누워 있는 최 실장을 깨우기에 바빴지만.

놀란 와중에도 고개를 살짝 돌렸을 때.

"뭐야……."

나는 어딘가 찝찝한 느낌을 지울 수 없었다.

바닥에 나동그라진 책이.

아까보다 강렬하게 반짝이고 있었다.

재능 없이 죽어라 버텼던.

1만 시간이 채워지는 순간이었다.

제2장

재능을 얻다

"고민해 봤어?"

최 실장의 싸늘한 목소리가 꽂혔다.

어제 느닷없이 연습실에서 쓰러졌을 때는 언제고, 아침부터 참 냉정한 소리를 꺼내는 그다.

영 이상하다는 느낌을 지울 수가 없었지만.

상준은 그의 반쯤 풀린 동공을 떠올리며, 차분하게 입을 열었다.

"괜찮으십니까."

"뭐가?"

예상치 못한 되물음에 상준은 놀란 눈으로 고개를 들었다.

"어제 연습실에서……."

연습실에서 갑자기 쓰러진 탓에, 잠시 뒤 몽롱한 얼굴로 깨어난 그를 실장실 앞에까지 바래다줬었다.

그게 고작 어제 일인데.

최 실장은 전혀 기억이 나지 않는다는 투였다.

최 실장은 일그러진 얼굴로 말을 이었다.

"쓸데없는 소리는 하지 말고, 그래서 고민은 얼추 했어?"

최 실장이라면 워낙에 가오에 사는 양반이니.

일개 연습생 앞에서 쓰러졌다는 사실이 퍽 자존심이 상해서 말을 돌리는 걸까.

무슨 상황인지 확신이 서지 않았지만.

상준은 몰아치는 그의 말에 대답을 할 수밖에 없었다.

"고민해 봤습니다."

"그래, 한번 말해봐."

재능이 없다는 건 인정했다.

그럼에도, 최 실장이 건넸던 말이 떠올라 쉽게 입이 떨어지지 않았다.

'맘껏 노력해 봐.'

그의 입으로 직접 말하지 않았는가.

"일주일만 기회를 주세요."

"뭐?"

최 실장의 눈썹이 불만족스럽다는 듯이 휘어졌다.

상준은 손에 들고 있던 남색의 책을 최 실장의 앞에 내려놓았다.

"어제 이거 주시면서 말씀하셨잖습니까."

"내가?"

"노력해 보라고. 재능을 얻을 수 있다고. 그렇게 제게 희망을 주셨잖습니까. 그러니까 전……."

"무슨 헛소리를 하는 거야, 얘가."

최 실장이 답답하다는 듯 가슴을 쳤다.

울컥하는 목소리가 목구멍까지 차올랐다.

어제 그렇게 희망을 던져놓고, 이제 와서.

본인은 그런 말 한 적 없다라.

귓가를 울리던 최 실장의 목소리가 생생하게 떠올랐다.

어딘가 이질적인 느낌이 감돌았다.

어제, 자신이 봤던 건 과연 그가 맞았던가.

상준이 고민하던 사이, 최 실장의 싸늘한 목소리가 말을 이었다.

"상준아, 아무리 네가 납득이 안 가도 그렇지. 지금 네가 하는 거, 현실 부정이야."

"……."

"너, 동생도 아프다며. 네가 여기서 백날 연습생 해봐야 돈이 모여? 얘가 지금 환상 속에서 살고 있네."

최 실장의 말은 아프지만 현실적이었다.

아이돌 데뷔를 목전에 뒀던 동생…….

상준 본인만 아니었더라도 지금쯤 이쪽 세계에서 더 빛나고 있었을 녀석이었다.

동생을 생각해서라도… 애써 용기 낸 마음은 변함이 없었다.

"일주일만. 딱 일주일만 주세요."

*　　　　*　　　　*

일주일 뒤면 남동생의 생일이었다.

그때까지, 녀석에게 떳떳한 모습을 보여주고 싶었다.

그 뒤에는 어떻게 되도 좋으니, 한 번만 다시 기회를 얻고 싶었을 뿐인데.

그런 상준의 바람이, 최 실장에겐 패기 어린 고집으로 들린 모양이었다.

"일주일? 그래서 달라질 게 뭐 있는데?"

최 실장이 어이없다는 듯이 코웃음을 쳤다.

최 실장의 말이 안드로메다에서 들려오는 것처럼 영 아득했다.

상준이 자조 섞인 웃음과 함께 대답을 뱉어내려던 순간이었다.

띠리링—.

상준의 휴대전화 벨 소리가 시끄럽게 울려 퍼지기 시작했다.

당황한 낯빛으로 고개를 숙이는 상준에, 최 실장이 쌀쌀맞은 목소리를 내뱉었다.

"받아봐."

오성서울병원.

발신인을 확인한 상준의 얼굴이 급격히 어두워졌다.

상준은 떨리는 손으로 휴대전화를 움켜쥐었다.

—나상운 씨 보호자 되시나요.

"예, 그런데……."

—이번 달 병원비가 아직 안 들어와서요.

냉랭한 병원 관계자의 목소리가 상준의 귓가를 때렸다.

기약 없는 연습생의 신분으로 감당하기엔 너무도 큰 금액.

상준은 입술을 지그시 깨물었다.

"네."

─병원비를 납부하지 않으실 경우 저희도 퇴원 절차를 밟을
수밖에 없습니다.

냉정하게 현실을 읊어주는 말에, 상준의 표정이 급격히 무너
져 내렸다.

상준은 힘없이 휴대전화를 쥐고 있던 손을 떨구었다.

혼수상태로 누워 있는 동생.

참으로 잔인한 현실 앞에서 상준이 할 수 있는 건 하나밖에
없었다.

"입금… 하겠습니다."

2년 전 사고로 돌아가신 부모님의 유산으로.

지금까지 계속 병원비를 대왔다.

지난 1년 동안 동생의 병원비를 대느라 그마저도 슬슬 바닥이
나기 시작했고.

그동안 해온 거라고는 춤추는 것과 노래하는 것밖에 없는 상
준이다.

그런 자신이 고를 수 있는 선택지는 데뷔라도 해서 병원비를
마련하는 것.

그렇게 계속된 다짐으로 한 달만, 한 달만을 외치며 버텼건만
현실은 기다려 주지 않는다.

앞으로 1년.

딱 그만큼의 시간이 남아 있었다.

"실장님……."

앞으로 1년 안에 자신이 데뷔를 할 수 있을까.

이제는 기약도 없는 최 실장의 말을, 더 이상 따를 수도.

알량한 꿈을 마냥 좇고 있을 수도 없었다.

관계자의 말이 마냥 아득하게만 느껴졌다.

하지만, 이제 판단을 내려야 할 시간이었다.

최 실장은 당황스러운 눈길로 상준을 돌아보았다.

"무슨 일인데?"

상준의 표정에서 예삿일이 아니라고 생각했는지, 인상을 찌푸리는 최 실장.

상준은 떨어지지 않는 입을 조심스레 뗐다.

"별거 아니에요."

"……."

애써 아무렇지 않은 척했지만 미세하게 떨리는 목소리로.

상준은 최 실장을 향해 마지막 부탁을 던졌다.

지푸라기 잡는 심정으로 그가 붙들었던 마지막 미련이, 상준의 입에서 흘러나왔다.

"일주일……. 딱 일주일만 주세요."

굳은 상준의 얼굴에서 형용할 수 없는 감정을 읽어내서였을까.

"일주일 동안 뭐가 달라지겠나 싶지만, 네 알아서 해라."

최 실장이 결국, 승낙의 말을 내뱉었다.

*   *   *

"될 수 없는 거 붙들고 있는 것도 집착이야."

끝내 승낙의 말을 내뱉은 최 실장은 자신이 한 말임에도 또 무슨 할 말이 남았는지 상준을 데리고 인근 포장마차로 갔다.

"조금만 쉬면서 고민해 봐. 넌 얼굴은 된다니깐……."

한참을 제 할 말만 늘어놓던 최 실장은 결국 의견을 굽히지 않았다.

일주일의 시간을 줄 테니, 다른 소속사를 고려해 보라는 말.

상준을 붙들고 속사포로 말을 쏟아내던 최 실장은, 끝내 바쁘다는 말과 함께 상준을 남겨두고 먼저 떠나 버렸다.

알딸딸하게 올라온 알코올의 기운이 자꾸만 눈을 감기게 했다.

"후."

상준은 비틀거리는 몸을 간신히 가눈 채 포장마차 밖으로 나와 건물들을 보았다.

시린 공기가 심장을 때렸다. 서늘한 촉감이 싫어, 두툼한 파카를 손으로 여몄다.

바깥으로 오밀조밀하게 모여 있는 빌라촌들이 눈에 들어왔다.

환하게 불이 켜진 집들을 보니 괜히 마음 한구석이 쓰렸다.

정신없이 돌아가는 이 세상에서, 자신만 덩그러니 남겨진 것 같아서.

"크으."

상준은 짧은 탄식과 함께 자취방에 들어섰다.

개인 연습생을 하며 썼던 자취방.

숙소마저 배정받지 못한 신세가, 이제 와서 한탄스럽게 느껴졌다.

'어쩌다 이렇게 돼버렸을까.'

"하……."

겨우 스물두 살이다.

무언가를 내던져 버리기엔 이른 나이였지만, 이제 와서 아이돌을 다시 준비하기에는 너무도 늦어버린 나이.

"이번이 마지막 기회겠지."

기약 없이 기다릴 만큼 시간은 충분하지 않다.

상준은 씁쓸한 미소로 고개를 돌렸다.

지금은 최고의 신인 아이돌이 된, 블랙빈의 숨은 멤버 나상운.

비슷한 시기에 연습생 생활을 시작했음에도.

'시작부터 대단했지……'

상준과 다르게 재능이 넘쳐흘렀던 녀석은, 연습생이 된 지 얼마 안 돼서 데뷔 조에 들어갔다.

분명 그랬는데.

텔레비전에서 환상의 무대를 펼치는 블랙빈을 볼 때마다.

상준은 그때의 기억을 되새길 수밖에 없었다.

'사… 사고가 났다고요?'

상준의 생일날.

데뷔를 앞두고 자신을 찾아오던 길에, 녀석은 사고를 당하고 말았다.

케이크를 사 들고 상준의 자취방에 오던 도중, 택시가 그를 덮쳤고.

가까스로 살아남은 녀석은 두 번 다시 걷지 못했다.

그것도 혼수상태가 되어서.

"약속했는데……."

그래서, 그 꿈을 대신 이뤄주기로.

그렇게 지키지도 못할 약속을 던져 버렸다.

"일주일……."

마지막 미련으로 일주일의 시간을 붙들고 있었지만.

패기 어린 요구와는 달리 이제 상준이 할 수 있는 건 없다.

"제길."

상준은 짧은 한탄을 뱉어내었다.

때마침 비틀거리며 앉던 상준의 파카 주머니에서 남색의 책이 바닥으로 떨어졌다.

―툭.

"1만 시간의 법칙?"

묵직하게 자리를 지키고 있는 책을 보니 병상에 누워 있던 녀석의 모습이 떠올랐다.

상준은 최 실장이 건넸던 책을 조심스레 움켜쥐었다.

"노력해도 안 되는 게 있다는 걸, 진작에 말해줬어야지."

최 실장을 향한 원망이기도 했고, 멍청했던 자신을 향한 원망이기도 했다.

하지만, 상준은 무능했고 결국 실패했다.

책을 움켜쥔 손이 덜덜 떨렸다.

"1만 시간……."

몽상가의 헛소리일 뿐이라는 생각에, 분노가 끓어올랐다.

더 이상 참을 수 없었다.

―퍼억.

손에 들린 책이 날카로운 궤적을 그리며 거울에 부딪혔다.

둔탁한 소음이 고요한 방 안에 울려 퍼졌다.

신경질적으로 던져 버린 책을 버려두고, 파카를 벗으려던 순간이었다.

"뭐야."

벽에 버티고 서 있던 거울이 일렁였다.

어제처럼 잘못 본 건가.

'요즘 내가 환상이 보이나.'

덜컥, 두려운 마음에 상준은 옷소매로 눈을 비볐다.

그럼에도.

우웅─.

자동차의 시동을 거는 듯한 진동이 울려 퍼지고.

"어… 어떻게 된 거야."

거울이 아까보다 한층 더 강하게 일렁였다.

상준은 홀린 듯한 걸음으로 거울 앞에 다가섰다.

우웅. 우우웅─.

진동 소리는 거울 앞에서 미세하게 이어지고 있었다.

상준은 거울에 맞고 튕겨져 나온, 남색 책을 집어 들었다.

『1만 시간의 법칙』.

어떻게 된 건지는 알 수 없었지만.

상준은 본능적으로 손을 뻗어 거울에 가져다 댔다.

놀랍게도. 뻗은 손은 거울이 마치 액체라도 되는 것처럼 그

표면을 통과했다.

"어억!"

차가운 감각에 놀라, 상준은 황급히 손을 거울 밖으로 뺐다.

손끝에 전해지는 생생한 감각과 눈앞에 펼쳐지는 괴이한 광경까지.

믿을 수 없었지만 모두 현실이었다.

책을 물끄러미 내려다본 상준은, 조심스럽게 입을 뗐다.

설마.

"들어갈 수… 있나?"

고민도 잠시.

일렁이는 거울을 응시하며, 상준은 조심스레 발을 내디뎠다.

우웅―.

다리를 삼킨 거울이 또다시 진동을 토해냈다.

용기를 얻은 몸이 걸음을 옮겼다.

무언가에 홀린 사람처럼 몸이 무의식적으로 움직이고 있었다.

그리고.

"맙소사……."

거울 너머의 또 다른 공간이 모습을 드러냈다.

상준은 저도 모르게 감탄을 뱉어냈다.

"허억."

끝이 보이지 않는 책꽂이와 화려하게 바닥에 깔린 레드카펫.

하늘에 닿을 것만 같이 높게 솟은 천장까지.

웅장한 도서관의 비주얼 앞에서, 상준은 입을 다물 수 없었다.

아니, 그보다 더 놀라운 건.

펄럭펄럭―.

눈앞에서 날아다니는 책들이었다.

"말도 안 돼."

경탄이 절로 튀어나왔다.

상식적으로라면 절대 있을 리 없는 광경이, 눈앞에서 펼쳐지고 있다.

상준은 떨리는 손으로 손에 들린 책을 확인했다.

[1만 시간의 법칙].

지쳐 버린 탓에 한 페이지조차 펼쳐볼 생각도 못 했던 책의 첫 장을.

상준은 조심스럽게 검지손가락으로 넘겼다.

책의 첫 장에는 떡하니 '1만 시간의 법칙'의 사용법이 나와 있었다.

"거울을 향해 책을 던진다……."

노린 건 아니지만, 본의 아니게 이곳의 문을 열어버린 모양이었다.

"와."

상준은 눈앞에서 펄럭이는 책을 젖히고는 조심스레 레드카펫을 밟았다.

끝도 없이 이어진 도서관의 풍경.

상준은 벌어진 입을 한참 동안 다물지 못했다.

휘이익.

정신없이 날아드는 책을 피해 고개를 돌린 순간.

벽에 붙어 있는 안내문이 눈에 들어왔다.

[재능 서고에 오신 것을 환영합니다.]

"재능 서고……?"

수만 가지의 재능을 마음껏 대여할 수 있는 도서관.

믿어지지가 않았지만, 안내문에 떡하니 써 있는 문구는 그렇게 말하고 있었다.

상준은 저도 모르게 탄식을 뱉어냈다.

"정말 말도 안 돼."

거친 숨을 내쉬며 눈앞의 안내문을 빤히 바라보았다.

선명하게 박혀 있는 검은 글씨들은 아무리 눈을 비벼도 변함이 없었다.

대여 기간 동안 책을 빌리고, 그에 대한 재능을 마음껏 사용할 수 있는.

도서관의 형태를 빙자한 기적을 쉽게 납득하기란 어려웠다.

하지만.

멍하니 있던 정신이 서서히 깨어나고 있었다.

지금 벌어지는 이 모든 상황들이.

꿈이 아니라면 현실이고.

이게 현실이라면…….

'기회다.'

저 말이 사실이라면.

이곳의 재능을 얼마든지 빌려 갈 수 있다.

춤 한 번 제대로 추지 못해 삐걱거리던 몸뚱이도.

틈만 나면 삑사리에, 음정을 맞추지 못해 비난받았던 목소리도.

모두 바꿀 수 있었다.

"재능… 재능이라."

만 시간을 땀을 흘리며 그토록 외쳤던 그것이, 눈앞에 닿아 있었다.

재능. 그 한 단어를 작게 중얼거리며, 상준은 떨리는 다리로 발을 내디뎠다.

그게 없어서, 동생의 꿈을 이뤄주지 못했다.

하지만.

여기라면.

꿈을 이룰 수 있을지도 몰랐다.

짙은 절망으로 가득했던 상준의 눈에 아까와는 다른 희망이 스쳐 갔다.

그때였다.

펄럭펄럭.

두툼한 책 한 권이 눈앞에서 펄럭이고 있었다.

지금 상황에 적응하지 못한 심장이 벌렁거렸지만, 마치 집으라는 듯 눈앞을 아른거리는 탓에.

상준은 홀린 듯 손을 뻗어 책을 낚아챘다.

그 순간.

"어?"

귓가에 짧은 알림음이 울려 퍼졌다.

띠링—.

[1,672번째 재능 '신이 내린 목소리'를 대출하시겠습니까?]

붉은 책의 겉면에 황금빛으로 박혀 있는 제목.

그리고 눈앞에 떠오른 메시지.

"신이 내린 목소리……."

이거라면.

뭔가 해낼 수 있을 거라는 생각이.

아니, 그런 확신이 들었다.

＊　　　　＊　　　　＊

일주일.

상준이 미련으로 내걸었던 그 일주일은, 예상보다 빨리 찾아왔다.

그 일주일간 상준은 수많은 생각을 했고, 그중 한 가지는.

'무슨 헛소리를 하는 거야, 얘가.'

최 실장은 그 책에 대해 아무것도 모르고 있다는 것. 상준은
기억을 되짚으며 확신할 수밖에 없었다. 신의 장난인지는 알 길이
없지만, 어떠한 무형의 존재가 자신에게 기회를 내건 것이라고.

그리고.

오늘은 그 기회를 증명해 내야 하는 날이었다.

상준은 긴장한 기색으로 발을 내디뎠다.

"어, 왔네."

연습실에 들어서자마자, 최 실장이 이죽거리며 손을 흔들었다.

그 옆에서 슬쩍 웃고 있는 낯선 얼굴.

검은 정장의 남자를 향해, 상준은 고개를 숙였다.

최 실장은 상준을 보자마자 열변을 토해냈다.

"이 친구가, 내가 말했던 친구인데. 배우 쪽으로도 괜찮을 것 같지 않아?"

"반가워요. 배우 쪽으로 생각 있다고?"

최 실장의 말에 고개를 까닥이던 남자는 짧은 인사와 동시에. 상준에게 새하얀 명함을 내밀었다.

금빛으로 박혀 있는 선명한 글씨.

「JS 엔터테인먼트 실장 조승현」.

동생이 한때 몸담았던 대형기획사.

오디션을 봐서라도 들어가고 싶었던 JS 엔터였으니까.

상준이 망설일 이유는 없었다.

그런데.

'난 배우를 할 생각으로 여기에 온 건 아니니까.'

「신이 내린 목소리」.

원래대로였으면 스스로도 노래를 못 부른다고 고개를 저었을 상준이다.

하지만, 이 재능이라면.

해볼 만하지 않을까.

상준은 결심한 얼굴로 입을 열었다.

"저, 아이돌이 하고 싶습니다."

세 사람을 싸늘하게 감싸고 도는 침묵.

최 실장이 당황한 낯빛으로 고개를 들었다.

"뭐?"

상황을 전혀 전달받지 못했던 조승현 실장은 살짝 놀란 얼굴이었지만, 이내 말을 바꿨다.

"뭐, 아이돌 상이긴 하네. 아이돌이 하고 싶었던 거였어요?"

"네, 그렇습니다."

담담하게 대답하는 상준에, 최 실장의 얼굴이 일그러졌다.

최 실장은 헛기침과 함께 상준을 빤히 올려다보았다.

그러고는, 승현을 향해 조심스레 입을 연다.

"음. 그런데 말이야."

분명 도와주겠다는 명목으로 자리해 놓고.

상준이 퍽이나 걱정되는지, 최 실장은 쓸데없는 소리를 늘어놓기 시작했다.

"저 친구가 다 좋은데, 춤이나 노래는 영 그래서. 그건 기대하지 않는 게……."

'이번에는 잘 해결되어야 하는데.'

재능 있던 연습생이라면 모르겠지만 상준은 아니다. 배우로 데뷔시킬 여력이 없을 바에야 계약기간을 다 못 채우더라도 중도에 끝내고 내보내 버리는 것이 YH 엔터 입장에서도 이득이었다.

동생의 사고 탓에 이 바닥을 못 떠나고 있는 상준의 상황을 알기에, 최 실장은 이렇게라도 그를 내보낼 생각이었다.

'춤도 노래도 소질이 없는 연습생.'

때마침 조승현 실장이 계약기간 만료 전에 넘기는 조건이라도 괜찮다는 뜻을 표했으니, 이때가 최 실장에겐 기회나 다름없었다.

필요 없는 연습생을 계약기간 전에 내보낼 수 있는 기회.

"특히 춤은 영……."

혹시 얼굴만 보고 캐스팅했다가 실력을 보고선 마음을 접을까 봐 걱정했는지.

최 실장이 불안한 얼굴로 사족을 덧붙이던 순간.

승현이 평가지를 탁 덮으며 말을 뱉었다.

"그건 보면 알겠지."

단호한 승현의 한마디에, 상준은 긴장한 기색으로 침을 삼켰다.

배우 지망생이라는 최 실장의 말을 듣고 우선 들러보긴 했지만.

'아이돌 해도 괜찮을 거 같은데.'

어느 정도의 재능만 따라준다면야.

오히려 아이돌에 더 어울리는 이미지가 아닐까.

판단을 마친 조승현 실장은 상준을 향해 부드럽게 입을 열었다.

"그러면 노래, 한번 불러볼래요?"

최 실장은 안 봐도 예상 간다는 표정으로 혀를 차고 있었지만.

상준은 눈앞의 마이크를 조심스레 움켜쥐었다.

지난 일주일간 상준이 경험해 본 재능은 완벽했다.

음치라고 불리던 목소리를 완전히 커버해 줄 정도로 매력적인 목소리.

이 목소리가 다른 이들에게는 어떻게 들릴지, 상준은 문득 궁금해졌다.

"해볼게요."

담담한 한마디를 시작으로.

잔잔하면서도 부드러운 선율이 연습실 안을 울렸다.

그 리듬에 감정을 실은 채, 떨리는 목소리가 조심스레 노래를 시작했다.

  너의 알 수 없는 기억을 난 쫓아가
  그 기억만을 남긴 채
  난 자꾸 맴돌아

노래만 했다 하면 다들 고개를 저으며 말리곤 했다.

반복되는 음 이탈과 불안정한 호흡.

아이돌 연습생이라는 게 믿기지 않는다며 다들 혀를 찼으니.

하지만, 지금은.

'좋다.'

말도 안 될 정도로.

이미 꽤 연습해 봤음에도 목구멍에서 튀어나오는 소리가 여전히 낯설게 느껴졌다.

  신의 내린 목소리.

  이름 그대로였다.

  길 가던 사람도 한 번 돌아볼 법한, 이목을 끄는 부드러운 목소리.

  '말도 안 돼.'

  눈앞에서 벌어지는 믿기지 않는 광경에 최 실장이 떡하니 입을 벌리고.

  상준은 자신의 음색에 젖어, 자신 있게 노래를 불러 나갔다.

  흔들림 없는 목소리. 안정된 음색.

  3분 44초의 곡이 그렇게 끝이 나고서야.

  상준은 숨을 헐떡이며 고개를 들었다.

"허억."

완벽했다. 분명 완벽했다.

자신의 입에서 튀어나온 노래라고는 믿을 수 없을 정도로.

마치 그것을 증명하듯.

"……."

노래를 마치자, 연습실 안에 적막이 내려앉았다.

그렇게 한참이 흘렀을까.

낯선 목소리가 불쑥 침묵을 깨고 들어왔다.

"와, 대단한걸."

조승현 실장이 감탄과 함께 자리에서 몸을 일으켰다.

"살면서 이런 목소리는 처음이라서. 목소리 듣고 이런 울림이 느껴진 건 처음이에요. 음색이 아주 기가 막히네."

"감사합니다."

"아니, 노래를 못한다니. 장난이 너무 심하잖아."

조승현 실장은 웃음을 터뜨리며 최 실장을 돌아보았다.

아까까지만 해도 조소를 머금고 있던 최 실장의 시선은 멍하니 허공을 향해 있었다.

상준이 의아한 시선으로 최 실장을 돌아본 순간.

최 실장의 입에서 탄성이 튀어나왔다.

"상준아."

"네."

"네가 부른 거야?"

눈앞에서 봤음에도 믿기지 않는지, 최 실장이 당황한 눈길로 되물었다.

상준이 대답대신 고개를 끄덕이자, 최 실장의 얼굴이 붉어졌다.

"아니, 이렇게 잘 부르면서 왜 연습 때는……."

"연습했습니다."

상준의 한마디에 최 실장의 두 눈이 동그래졌다.

양심이 살짝 찔려오긴 했지만, 이렇게 된 이상 입에 제대로 침을 바르기로 했다.

상준은 고개를 빳빳이 든 채 당당하게 덧붙였다.

"일주일 동안 연습했어요."

"엉?"

멍한 얼굴로 잠시 정신을 놓고 있던 최 실장은, 승현의 손짓에 고개를 흔들었다.

아까까지만 해도 상준을 은연중에 무시하던 눈동자는 이내 의심으로 바뀌어 있었다.

최 실장은 말을 더듬으며 다급하게 손짓을 보냈다.

"음. 뭐, 상준이가 노래는 원래 기본은 했지. 춤……. 춤을 한 번 봐볼까."

본인도 당황한 나머지 헛소리를 하는 모양인데.

'네가 까마귀야! 아니, 까마귀도 너보단 노래를 잘하겠다.'

'……'

'넌 나중에 립싱크만 해! 누가 시켜도 한마디도 뻥긋하지 마!'

상준의 머릿속에선 열변을 토하던 최 실장의 모습이 스쳐 갔다.

처음에는 노래 못 불러도 된다고 불러놓고, 몇 년간 기약 없이 방치했던 그였다.

그리고 그런 최 실장이 쏟아내는 폭언을 들으면서도, 꿋꿋이 버텼던 상준이다.

'보여주고 싶다.'

그렇기에 더욱 보여주고 싶었다.

자기가 충분히 잘할 수 있다는 것을.

크흠.

짧게 헛기침을 하고, 상준은 애써 당당한 표정으로 노래를 틀었다.

드럼 비트와 함께 신나는 리듬이 고요한 연습실에 퍼져 나갔다.

승현의 예리한 눈길이 상준을 향했다.

'긴장되긴 하지만.'

자신은 있었다.

'신이 내린 목소리'와 함께 대여한 재능.

'유연한 댄스 머신'이 조그마한 원룸 책꽂이에 꽂혀 있으니까.

두두둥―.

빠르게 변하는 템포에 리듬을 맞춰, 상준은 허리를 유연하게 꺾었다.

목각 인형처럼 삐걱거리던 팔다리가 리듬에 맞춰 완벽하게 움직였다.

물 흐르듯 이어지는 동작에, 의심스러운 눈길로 상준을 바라보던 최 실장의 입이 떡 벌어졌다.

'말도 안 돼. 그 애가 일주일 새 이렇게 된다고?'

믿을 수 없는 광경 앞에서 최 실장이 혼란스러워하던 순간.

담담한 승현의 목소리가 연습실을 울렸다.

"잠깐만."

뚝.

경쾌한 노래가 끊어지고.

짝짝짝.

우렁찬 박수 소리가 연습실을 메웠다.

퍼포먼스 내내 상준을 흐뭇하게 바라보고 있던 승현의 박수 소리였다.

"이야, 이런 원석을 숨겨두고 있었단 말야?"

"아니, 그게."

최 실장이 넋이 나간 얼굴로 말을 더듬었다.

눈앞에서 일어난 일이 믿기지 않는다는 듯, 경직되어 있는 최 실장.

그런 그를 눈치채지 못했는지 승현은 거듭 감탄을 내뱉었다.

"지금 이대로 데뷔해도 될 수준인데? 역시 열심히 하는 친구 라더니만."

"그… 그게 말이야."

최 실장이 다급히 승현의 앞을 다가섰다.

그리고는.

심각한 목소리가 최 실장의 입에서 흘러나왔다.

"지금 뭔가 착오가 있는 것 같은데."

최 실장의 두 손이 허공을 허우적댔다.

승현은 의아한 눈길로 최 실장을 가만히 응시했다.

"아니, 무슨 착오?"

"그… 오늘 면접 보러 오는 친구가 이 친구가 아니야."

"뭐?"

저건 또 무슨 황당한 소리인가.

승현 못지않게 놀란 눈으로 상준이 최 실장을 바라보자, 그가 너털웃음과 함께 말을 덧붙였다.

"아니, 우리 상준이가 곧 데뷔 조에 들어갈 친구거든. 내가 다른 친구랑 헷갈려서. 아니, 우리 엔터에 연습생이 좀 많아? 간혹 헷갈리거든."

신박한 지랄이다.

허겁지겁 덧붙이는 최 실장의 말에서, 상준은 그제야 돌아가는 상황을 직감했다.

하루아침에 180도 달라져 버린 춤과 노래 실력.

그걸 보고 나니 이제 와서 마음이 흔들리는 것이다.

버릴 때는 언제고, 이제는 버리자니 아깝다라.

상준은 씁쓸한 미소를 지울 수 없었다.

'나 믿으라니까. 내가 찍은 애들은 다 떠. 네가 연습이 부족해서 그래.'

재능이 없는 자신을 붙들고 감언이설을 쏟아냈던 최 실장이다.

그래 놓고는, 하루아침에 쳐냈던 그가.

이제 와서 저렇게 달려드니 당황스러웠다.

"하."

기가 차는 태도에 상준은 속으로 조소를 머금었다.

승현은 그게 무슨 소리냐는 듯이 눈살을 찌푸렸다.

"아니, 자네. 낮부터 술 한잔했어?"

"으음. 그게……."

"아니면 이게 무슨 소린데?"

승현의 싸늘한 질책에 최 실장의 얼굴이 새하얗게 질렸다.

아무리 친분 있는 사이라지만, 엄연히 비즈니스 관계다.

잠시 고민하던 최 실장이 입을 열었다.

여전히 허점 가득한 그 논리는 그대로였다.

"내가 아무래도 다른 연습생이랑 헷갈린 것 같으니, 오늘 얘기는 다음에 하도록 하지."

"허."

승현은 조용히 은빛 시계를 풀고는, 싸늘한 눈빛으로 최 실장을 돌아보았다.

일전에 본 적 없는 서늘한 태도에 최 실장의 어깨가 쪼그라들었다.

"최 실장, 이런 거로 장난치면 안 되지."

"그… 그게……."

"우리 쪽으로 보내줄 거라면서? 돈 때문에 그래? 그거면 우리가 위약금을 물면 되지."

틀린 말이 하나도 없다.

승현의 말에 최 실장은 쉽게 말을 꺼내지 못했다.

"……."

눈만 끔뻑이고 앉아 있는 최 실장 탓에 오랜 침묵이 이어졌다.

보다 못한 승현이 담담하게 입을 열었다.

"그쪽에서 착오가 있든, 없든. 난 이 연습생 보러 왔어. 맞지?"

상준을 향한 물음에, 그는 대답 대신 고개를 끄덕였다.

승현은 흐뭇한 미소로 말을 이었다.

"그러니까 이 친구 의견 한번 들어보자고."

당당함이 흘러넘치는 태도.

여유로운 눈빛까지.

승현은 자신 있게 화두를 던졌다.

최 실장의 간절한 눈빛이 상준에게 향했다.

'맙소사.'

그가 저렇게 자신을 바라볼 줄이야.

그토록 잔인하게 자신을 내치던 눈빛은 어디로 가고.

상준은 차분히 최 실장의 눈을 응시했다.

'그간의 정이 있는데.'

최 실장은 속으로 중얼거리며 상준을 빤히 바라보았다.

그 눈빛이 다소 위선적으로 느껴지긴 했으나, 상준이 그를 탓하는 건 아니었다.

비즈니스 세계가 돈을 중심으로 돌아가는 건 당연한 이치니.

하지만.

마음이 끌리는 대로 가는 것 또한 당연한 이치다.

상준은 JS 엔터 쪽으로 쏠린 마음을 부정할 수 없었다.

'동생의 소속사니까.'

동생이 꿈을 키워 나갔을 그 자리에서, 데뷔를 하고 싶다는 열망.

뜨거운 무언가가 목구멍을 치고 올라왔다.

"실장님."

상준은 차분한 표정으로 승현의 앞에 섰다.

상준을 올려다보는 승현의 눈이 환하게 빛나고 있었다.

상준은 부드럽게 미소를 지으며, 말을 뱉었다.

"저는 제 재능을 알아봐 주신 분과 함께하고 싶습니다."

＊　　　　＊　　　　＊

그렇게 사흘의 시간이 흐르고.

'오늘부로 들어오면 돼. 다 준비해 놨으니까, 오면 바로 데뷔 조 애들 소개해 줄게.'

상준은 조승현 실장의 말을 떠올리며 짐을 챙겼다.

사물함에 박아두었던 생필품들과.

"책……."

재능 서고에서 대여했던 책 두 권을 손으로 쓸었다.

이 책들 덕에 이런 소중한 기회도 얻었으니.

상준의 입에 부드러운 미소가 걸릴 때였다.

"상준아!"

최 실장의 다급한 목소리가 따라왔다.

가방이 무겁게 어깨 위를 짓눌렀다.

상준은 급하게 가방을 한쪽에 멘 채 뒤로 돌았다.

"야, 상준아."

거친 숨을 몰아쉬며, 인상을 찌푸리는 최 실장.

체면을 던져두고 저렇게 뛰어온 걸 보니 급하긴 급했던 모양 이었다.

계약 건은 승현이 모두 처리했으니. 더 이상 문제 될 것도 없었다.

실제로 나가라고 상준에게 말한 것도 그였으니까.

"왜 그러십니까."

상준은 담담한 얼굴로 고개를 돌렸다.

최 실장이 넥타이를 고쳐 매며, 벽에 몸을 기댔다.

"그쪽에서 무슨 조건을 불렀는지는 모르겠는데. 재계약 건에 대해서 얘기 좀 해보자, 우리."

"저는 할 말 없습니다."

단호한 상준의 한마디에, 최 실장의 얼굴이 차갑게 식었다.

항상 그의 앞에서 대거리도 못 하던 상준이었으니, 이제 와서 이러는 태도가 퍽 낯선 모양이었다.

최 실장이 짜증 섞인 얼굴로 말을 이었다.

"야, 너 내가 재능이 없다고 한 것 때문에 그래? 그거 가지고 마음이 꽁해 가지고는. 야, 원래 이 바닥은……."

최 실장이 혀를 차며 고개를 돌렸다.

또 늘어놓으려던 설교를 간신히 자제한 후, 최 실장이 화제를 돌렸다.

"너야 워낙 열심히 하는 아이니까, 그동안 네가 나름의 최선을 다했다고 생각한 거지."

최 실장의 말이 틀린 말은 아니었다.

그때, 정말 상준은 최선을 다했었으니.

하지만, 최 실장은 다르게 판단한 듯했다.

"일주일 동안 네가 정말 이 악물고 한 모양인데. 솔직히 나는 좀 놀랐다."

"네."

"그래서. 너를 본격적으로 지원해 주고 싶다, 이거야. 최고의 스타가 될 때까지, 내가 항상 응원해 줄 테니까."

최고의 스타. 예전엔 뜬구름 잡는 소리처럼 아득하게 느껴졌던 것이 이제는 퍽 현실성 있게 들렸다.

하지만 그렇다고 해서 부드러운 말로 자신을 붙들려 하는, 최 실장의 속내마저 가깝게 느껴진 건 아니었다.

게다가, 말을 저렇게 해도.

'또 감언이설로 붙들고 있겠지.'

처음에는 감언이설로, 그다음에는 폭언으로. 지난 3년간 최 실장의 스타일을 수없이 견뎌왔던 상준이다.

기약 없는 데뷔에 목맬 시간 따위, 더는 없었다.

상준은 희미한 미소를 입가에 띠운 채 입을 열었다.

"응원 감사합니다."

"엉?"

최 실장이 놀란 눈으로 고개를 들었다.

"앞으로도 그렇게 응원해 주세요."

"야, 역시 그럴 줄 알았어. 그래, 어서 안으로 들어가서……."

"제가 어디에 있든, 뭘 하든. 앞으로도 그렇게."

어?

그제야 상준의 말뜻을 알아차렸는지, 최 실장의 얼굴에 혼란스러운 빛이 스쳐 갔다.

그가 생각한 그 의미가 맞다는 듯이, 상준은 단호하게 말을 이었다.

"저도 실장님 응원하겠습니다."

"야, 야!"

묵직한 가방을 두 손으로 움켜쥔 채, 상준은 최 실장을 바라보았다.

"그동안 감사했고, 죄송했습니다."

상준은 정중하게 고개를 숙인 후 최 실장을 뒤로했다.

그래도 3년간 자신을 지켜봐 줬던 그에 대한 마지막 배려였다.

그러니까.

"야, 나상준!"

뒤에서 저 인간이 이제 와 무슨 말을 하든.

어떠한 말로 뒤늦게 자신을 현혹하든.

지금은 들을 생각도, 그럴 여유도 없었다.

놀랍게도 침착한 한마디가 입에서 튀어나왔다.

"그럼, 안녕히 계세요."

상준은 짧은 인사를 마친 뒤, 망설임 없이 유리문을 박차고 나왔다.

상쾌한 공기가 코끝을 간질였다.

엔돌핀이 도는 듯한 공기에, 은은한 미소를 머금은 채 짙은 한숨을 내뱉었다.

"후아."

회색빛의 거대한 건물. 'YH 엔터테인먼트'라고 박혀 있는 간판이 눈에 들어왔다.

상준은 고개를 들어 그 이름을 한참 동안 올려다보았다.

이렇게 좋지 못한 그림으로 끝날 관계였다 해도, 지난 3년의 노력을 온전히 쏟아부었던 곳이다.

'이제 다시 올 일은 없겠지.'

그동안 죽어라 노력했던 순간이 떠올라.

괜히 씁쓸한 미소가 입가에 걸렸다.

하지만 지금은 그런 감상에 젖어 있을 시간 따위는 없었다.

"됐다, 가자."

짧게 중얼거리며 묵직한 가방을 다시 올려 메고는.

상준은 딱딱한 아스팔트 바닥을 따라 걸음을 재촉했다.

푸르른 하늘 아래로, 반가운 메시지가 스쳐 지나갔다.

[592번째 재능 '강인한 멘탈'이 활성화되어 있습니다.]

정말, 완벽한 이별이었다.

*　　　*　　　*

"멤버 구성은 총 다섯. 그렇게 해서 올해 중으로 데뷔시킬 생각이야."

조승현 실장이 자신감 넘치는 목소리로 입을 열었다.

말끔하게 정돈된 사무실과 등을 받치고 있는 푸근한 소파.

상준은 그의 말을 들으며 사무실 곳곳을 조심스레 둘러보았다.

이곳 어디에든, 동생의 흔적이 남아 있을 것만 같았다.

"그렇군요."

담담하게 덧붙이는 상준의 한마디에, 승현은 싱긋 웃으며 말을 이었다.

"현재 멤버들 네 명이 있거든. 뭐, 다 독특한 녀석들이긴 한데 그렇다고 나쁜 애들은 아니야."

"아, 네."

두 손을 공손히 모은 채 고개만 끄덕이는 상준의 모습에.

승현이 타박 아닌 타박을 던졌다.

"궁금한 건 없어?"

워낙 이전 회사에서 갈굼만 당하다 보니, 기계적으로 대답만 내뱉고 있었던 모양이었다.

무슨 질문을 꺼내야 할까.

잠시 고민하던 입에서, 예상치 못한 물음이 튀어나왔다.

"상운이는 어떤 애였어요?"

"뭐?"

놀란 눈을 끔뻑이던 조승현 실장이, 벌떡 자리에서 일어났다.

상준의 입에서 느닷없이 상운의 이름이 나오는 걸 듣고는 그제야 둘 사이의 관계를 매치해 낸 그였다.

"설마."

대답 대신 고개를 끄덕이는 상준에, 승현은 짧게 탄식을 내뱉었다.

"그래서, 우리 엔터를……."

3년씩이나 있던 YH를 포기하고 대번에 따라온 이유가 궁금하긴 했다.

동생이 있던 소속사. 그 소속사에서 재도전을 하고 싶었던 걸까.

미묘한 미소를 지으며 잠자코 앉아 있는 상준에게, 승현의 담담한 한마디가 이어졌다.

"착했지. 능력 있고."

"그랬군요."

"지금 보니 형을 아주 똑 닮았네."

"…하하."

죽어라 노력해도 녀석을 따라잡을 일이 없다고 생각했는데.

승현의 한마디에 씁쓸한 웃음이 튀어나왔다.

어렸을 적부터 싸우기도 많이 싸웠고, 비교당하기도 많이 비교당했지만.

지금 돌이켜 보니, 그렇게라도 녀석의 연장선에 서 있던 때가 좋았다.

"동생이랑 약속했거든요."

"……."

"같이 무대에 서기로."

기필코 그 약속을 지킬 거라고.

상준은 나직이 중얼거리며 몸을 일으켰다.

승현이 흐뭇한 미소를 지으며 그런 상준을 올려다봤다.

상준은 공손하게 고개를 끄덕였다.

"잘 부탁드립니다."

"아, 이제 멤버들 만나러 가야지. 이제부터라도 호흡을 맞추면……."

승현이 부드러운 목소리로 입을 연 순간.

"뭐야!"

으아악—.

외마디 비명 소리와 함께, 누군가 사무실 문을 열어젖혔다.

"실장님! 실장님!"

"엄유찬 이 새끼가 제 과자 털었어요!"

"아아악, 이거 놔!"

…뭘까.

소리를 내지르며 지들끼리 구르는 무리들. 상준은 그들을 멍하니 내려다보았다.

개판 오 분 전인 상황 앞에서 잠시 두 눈을 깜빡였다.

급하게 유리문을 열어젖히고 들어온 건, 붉어진 얼굴로 씩씩대는 회색 머리.

앳된 인상과는 달리, 꽤나 키가 큰 탓에 그를 멀찍이서 올려다봐야 했다.

회색 머리가 짜증 섞인 목소리로 말을 뱉었다.

"하아. 저 지금 인내심 맥······. 암튼 맥이에요."

맥스를 말하고 싶었던 게 아닐까.

화가 나서 말을 더듬는 회색 머리를 바라보며, 상준이 속으로 생각할 때였다.

따라 들어온 검은 머리가 옆에서 담담하게 중얼거렸다.

"맥주, 맥주······."

"맥주는 아니야, 제현아. 부탄가스지."

"아?"

거기에 제지하는 척, 헛소리를 늘어놓는 갈색 머리까지.

혼란스러운 탓에 두 눈을 끔뻑이는 상준을 보고는, 승현이 웃음을 터뜨렸다.

"하하, 얘네들이 오늘따라 좀."

그러고는, 싸늘한 눈길로 압박을 준다.

그제야 잠잠해진 회색 머리가 고개를 까닥였다.

상준에게로 눈길이 닿은 모양이었다.

"근데, 누구예요?"

"너네들 새 멤버."

조승현 실장의 한마디에.

맥주를 중얼거리던 검은 머리도, 따라 들어온 갈색 머리도.

모두 똑같은 표정으로 얼어붙었다.

"네?"

갈색 머리가 가장 먼저 물었다.

그와 동시에, 모두의 탄성이 쏟아졌다.

"와, 진짜예요?"

"진심이에요?"

믿기지 않는다는 듯, 동그랗게 뜬 두 눈을 향해.

조승현 실장이 말을 던졌다.

"새 멤버라고, 너네도 데뷔해야지."

*   *   *

고요한 연습실 안.

알아서들 인사를 나누라고 조승현 실장이 함께 돌려보낸 후에, 한참을 감돌던 침묵이 드디어 깨졌다.

"이름이 뭐예요?"

회색 머리가 먼저 해맑게 말을 걸어왔다.

어려 보이는 얼굴처럼 티 없이 밝아 보이는 성격에, 상준은 웃으며 대답했다.

"나상준."

"아, 전 도영이에요. 과자 뺏어 가지만 않으면 해치지 않아요."

"해치지가 뭐냐, 초면인데!"

도영의 언어 선택에, 갈색 머리가 곧바로 타박을 던졌다.

그러거나 말거나, 도영은 옆에 앉아서 휴대폰 게임에 열중인 파란 머리를 노려보았다.

저 녀석이 아까 도영과 싸우고 있었던 유찬인 모양이다.

그렇게 상준이 머릿속으로 정리를 마칠 즈음.

"과자 하나 가지고 겁나 지랄하네."

유찬이 싸늘하게 식은 얼굴로 말을 뱉었다.

동시에, 차가운 공기가 연습실에 내려앉았다.

갈색 머리가 하하, 하고는 어색한 웃음을 터뜨리며 입을 열었다.

"저 녀석이 요즘 성장기라서. 뭘 좀 많이 먹어요."

보통 그 부분을 언급하지는 않지 않나.

영 이상한 포인트를 짚고 있는 모습에, 상준은 속으로 혀를 찼다.

그래도 이 총체적 난국 속에서 그나마 리더 역할을 하고 있는 친구다.

부드러운 태도에 고개를 끄덕이며, 그의 인사를 받았다.

"저는 지선우라고 합니다."

"아, 네."

"그리고 이쪽은……."

곧바로 다른 멤버들의 소개가 이어졌다.

맥주, 맥주거리며 헛소리를 늘어놓던 검은 머리가 이 구역의 막내인 제현.

싸가지 없어 보이는 파란 머리는, 상준이 예상했던 대로 유찬이었다.

"그리고……."

간단한 인사를 마치고 나니, 곧바로 침묵이 이어졌다.

"음."

원래 이 시간이 가장 어색한 법이다.

이럴 줄 알았으면, 말을 하는 재능이라도 배워둘 걸 하고 상준이 후회하던 찰나에.

잠자코 있던 유찬이 입을 열었다.

여전히 싸늘한 표정 그대로였다.

"초면에 이런 말 되게 죄송하지만……."

첫 만남에 욕하는 것까지 본 사이라, 다짜고짜 반말부터 내뱉을 줄 알았건만.

예상외로 공손한 태도다.

상준이 차분하게 고개를 들자, 유찬의 입술이 살짝 들썩였다.

혹시 자신이 마음에 안 드는 걸까.

망설이는 그의 태도에 상준은 괜히 긴장이 되었다.

초면에 꺼내기 죄송한 말이라면, 굳이 꺼내지 않아도 되지 않을까.

그렇게 말하고 싶다만. 입은 머리와 전혀 딴판인 말을 뱉어냈다.

"그……."

"말해보세요."

떨리는 상준의 목소리가 끝남과 동시에.

유찬의 입에서 예상치 못한 한마디가 튀어나왔다.

"혹시… 약 하세요?"

"……!"

이건 예상치 못한 질문인데.

정작 질문한 당사자도 놀랐는지 곧바로 말을 더듬기 시작했다.

"그… 그게."

당황했는지 시선을 돌리는 유찬의 눈길이 한층 더 싸늘해 보였다.

텔레비전에서 스쳐 지나가며 봤던 온갖 뉴스들이 상준의 머릿속에 떠올랐다.

무슨 의도로 얘기하는지는 대충 알겠다만.

확실히 거절해 둬야겠다는 생각에, 떨리는 목소리가 튀어나왔다.

아.

"해야 하나요……?"

아니, 이게 아닌데.

*   *   *

한참의 침묵이 이어졌다.

누구도 쉽게 입을 열지 못했다.

뭔가 제대로 잘못된 오해가 서로를 파고들었다.

'내가 무슨 헛소리를 한 거지.'

상준은 당황한 나머지 두 눈을 끔뻑였다.

마치 너네의 조직원으로 받아들여 줘, 급의 헛소리다.

해명이라도 해보려고 입을 떼려는데, 갈색 머리가 앞을 막았다.

선우였다.

"야, 엄유찬. 그렇게 얘기하면 오해하잖아!"

"뭐가. 난 단도직입적으로 물은 건데."

"그게 문제가 아니라!"

선우는 머리카락을 쥐어뜯으며 다급히 입을 열었다.

"아니, 그러니 애 말은 약을 하자는 게 아니라, 해보았냐 뭐 그런⋯⋯. 아니, 이게 무슨 소리야."

본인이 말하고도 어이가 없는지.

선우는 자신의 뺨을 때리며 다시 말을 이었다.

그러니까.

"결론은 하지 말란 소리죠."

아.

그제야 대강 상황을 파악한 상준에게, 도영이 큐브를 돌리며 말을 던졌다.

"맞아요. 했다간 실장님이 뼈를 갈아서 약을 만들겠다던데요. 그게 그렇게 몸에 좋대요."

"차도영, 헛소리하지 말고."

"넹."

도영이 시무룩한 얼굴로 고개를 숙였다.

상준은 떨떠름한 얼굴로 둘을 번갈아 바라보았다.

만난 지 몇 분도 안 지났는데, 느닷없이 웬 마약 얘기가 나왔나 했더니.

"사실 저희가 사연이 있어서요."

선우의 입에서 차분한 목소리가 흘러나왔다.

다름이 아니라.

"예전에 있던 연습생 형이, 그⋯⋯. 좀 큰 사건에 연루되어 가지고 데뷔 계획이 완전히 무산됐었어요."

유명 아이돌 마약 투여 사건.

반년 전쯤 세간을 떠들썩하게 만들었던 사건이었다.

남자 아이돌 중 과연 톱이라 할 수 있는 유명 그룹의 한 멤버와 몇몇 소속사 연습생들이 모여서 마약을 투여한 사건인데.

그때 JS 엔터에서도 한 연습생이 걸려들어 간 모양이었다.

"뭐, 유명 연예인들이 줄줄이 터져서 그 형은 자연스럽게 묻어가긴 했지만."

그래도 데뷔 건은 당연히 무산될 수밖에 없었을 것이다.

가볍게 말을 이어가다, 급격히 어두워지는 선우의 표정에 상준 역시 그대로 얼어붙었다.

데뷔 얘기가 나오는 상태에서 그렇게 엎어졌으니.

상실감이 장난이 아니었을 테니 같은 연습생의 입장에서 그 심정이 충분히 이해되었다.

그랬기에 이어진 선우의 말을 곧바로 납득할 수 있었다.

"뭐, 유찬이도 나쁜 뜻에서 물어본 건 아녜요."

유찬은 여전히 상준에게 시선을 두지 않은 채, 휴대전화에 얼굴을 파묻고 있었다.

거대한 폭탄을 하나 던져놓고는 영 태연한 모습이다.

"아, 맞다!"

"엉?"

"여튼 지금 이게 중요한 건 아니고."

가라앉은 분위기가 어색했는지, 선우가 손뼉을 치며 화제를 돌렸다.

"그 소식 들었어요?"

소식?

아무 얘기도 듣지 못한 채, 멤버들에게 곧장 인사를 왔으니.

아는 바가 전혀 없었다.

상준이 의아한 눈길로 선우를 돌아보자, 선우가 두 눈을 반짝이며 입을 열었다.

"아니, 다름이 아니라."

"……."

"대표님이 다음 주에 저희 보러 오시거든요."

네?

선우의 한마디에 반사적으로 반문이 튀어나왔다.

면접이야 조승현 실장을 만난 걸로, 비교적 수월하게 들어오긴 했다만.

대표님이라면 얘기가 다르다.

그 이름에서부터 느껴지는 중압감에, 상준은 괜히 어깨를 움츠렸다.

선우가 담담한 얼굴로 말을 이었다.

"데뷔 평가라고. 데뷔 가능성을 본다고 대표님께서 오시는 거예요."

자신이 들어오면서 데뷔 조가 확정됐으니.

어느 정도의 실력인지 본다는 걸까.

긴장하는 바람에 마른침을 삼키고는, 선우를 돌아볼 때였다.

잠자코 앉아 있던 유찬이 다시 날카로운 말을 던졌다.

"쫄리면 안 해도 돼요."

"뭐?"

또다시 유찬이 던진 폭탄에, 싸늘한 정적이 내려앉았다.

"연습 기간이 많진 않을 거 아니에요. 여기 새로 왔다고 들었는데."

게임에 열중하고 있던 유찬이, 빠르게 휴대전화를 꺼버리고는 고개를 들었다.

아직 상준이 다른 기획사에서 왔다는 소리는 듣지 못한 눈치다.

냉기 어린 시선에 당황한 상준이 말을 잇지 못하는 사이.

이번에도 상황 정리는 선우가 맡았다.

"아, 얘가 좀……. 처음 보는 사람한테 싸늘해요."

"그게 아니라 그냥 성격이 더러운데."

뒤에서 가만히 앉아 있던 도영이 빠짐없이 말을 얹었다.

선우는 도영을 향해 눈을 흘기고는 다시 해탈한 미소를 지었다.

유찬의 도전적인 눈길이 상준에게 닿았다.

뭐가 저리 마음에 들지 않아서, 저런 식으로 나오지는 모르겠지만.

첫인상이니만큼 상준 역시 밀리고 싶은 생각은 없었다.

"뭐, 상관없어요."

옛날이라면 파사삭 하고 부서졌을 정신 줄이 오늘따라 퍽 단단했다.

역시 '강인한 멘탈' 재능을 대여해 두길 잘했다고 생각하며.

상준은 여유로운 미소로 말을 던졌다.

크흠.

"무대에 오르는 걸 두려워하면 프로가 아니잖아요."

그리고.

"와."

"명언이다, 명언!"

이 한마디가.

두고두고 놀림감이 될 줄은.

그때의 상준은 몰랐다.

*   *   *

"자, 이쪽은 연습실이고. 저쪽은 녹음실이야."

첫날, 퍽 어색한 사이로 인사를 건넨 이후.

동갑이니 말을 놓자는 상준의 한마디에, 선우는 급속도로 친근하게 다가왔다.

고작 만난 지 이틀밖에 안 된 사이건만, 오랜 친구처럼 신이 나서 소속사 구경을 시켜주고 있는 선우다.

"궁금한 거 있으면 얼마든지 말하고, 처음에는 좀 어색한데, 며칠 다니다 보면 적응될 거야. 이쪽 복도로 가면……."

정말이지 놀라운 사교성에 상준은 속으로 감탄했다.

선한 배우상의 얼굴답게 선우는 둥글둥글한 성격이었다.

나이가 같다 보니 더 편해진 것도 있고.

상준은 반쯤 열린 마음으로 고개를 끄덕였다.

선우는 생글거리며 말을 잇기에 바빴다.

"그리고 이쪽은 보컬트레이닝을 하는 곳이지. 저쪽은……."

줄줄이 모여 있는 빈방들을 하나씩 손으로 가리키며, 선우가 열변을 토하던 순간.

저벅저벅.

저 멀리서 낯선 발걸음이 울려 퍼졌다.

"잠만."

신이 나서 설명을 이어가던 선우의 표정이 차게 식었다.

늘 생글거리는 것만 봤지, 갑자기 새하얗게 질린 선우의 모습은 처음이다.

상준은 의아한 심정으로 고개를 돌렸다.

짙은 색의 청 재킷을 입고 껄렁한 자세로 걸어오는 낯선 얼굴.

그를 아는 모양인지, 선우의 얼굴이 급격히 굳어갔다.

"무슨 일이야, 여긴?"

겉으로는 부드럽지만 묘하게 경직돼 있는 선우의 말에, 남자는 기분 나쁘게 입꼬리를 올렸다.

싸늘한 한마디가 복도를 울렸다.

"왜? 나는 여기 오면 안 되나?"

"아니, 이미 나간 거 아닌가 해서."

선우가 떨떠름한 표정으로 말을 뱉었다.

표정을 보아하니, 굳이 저 남자와 싸우고 싶은 생각은 없어 보인다.

남자는 성가시다는 듯한 눈길로 선우를 쏘아보고는, 이내 상준에게 시선을 돌렸다.

"아. 이쪽이, 새로 들어온다는?"

"네가 알아서 뭐 하게."

상준이 대답하기도 전에, 선우가 냉랭한 목소리로 그의 말을 받아쳤다.

신경전이 장난 아닌데.

굳이 끼어들 필요는 없을 것 같아, 상준이 가만히 있던 순간.

온몸으로 냉기를 뿜어내던 그가, 상준을 빤히 응시했다.

"딱 보니 어디서 얼굴 보고 뽑았나 보네."

한 손을 주머니에 찔러 넣은 남자가 조소를 머금은 채 말을 이었다.

"들어오자마자 데뷔 조라니. 빽이라도 있나 봐?"

"무시해."

옆에서 선우가 작게 속삭였다.

뒤이은 그의 말에, 상준은 그제야 상황 파악이 되었다.

"너 오기 전에 있던 연습생이야."

마약뿐만 아니라 각종 사고를 치고 다니다 쫓겨났다던 그 연습생인 모양이다.

자기 자리를 뺏겼다고 생각하는지, 잔뜩 독이 올라 있는 눈이다.

괜히 반응을 보이면 이때다 싶어 물고 늘어질 게 뻔했기에, 상준은 가만히 그를 응시했다.

남자는 인상을 찌푸리며 상준을 흘겨봤다.

"뭘 봐?"

싱거운 말 한마디에 자신도 모르게 피식 웃음이 새어 나왔다.

이전 엔터에서 연습생으로 있으면서, 유독 자격지심에 매여 사는 연습생들을 많이 보고는 했다.

상준이 능력이 없다는 거에 신이 나서 물고 늘어지던 녀석들과.

아직까지 잘리지 않았다면서 수군대던 녀석들.

굳이 하나하나 답을 해줄 필요는 없다.

하지만, 상준의 웃음이 더 심기에 거슬렸는지.

퍽.

남자가 있는 힘껏 상준의 어깨를 밀치고 지나갔다.

그 순간.

툭.

남자의 주머니에서 새하얀 알약 뭉치가 튀어나왔다.

"음?"

타이레놀.

평범한 진통제지만.

남자는 괜히 찔리는지 붉어진 얼굴로 황급히 말을 덧붙였다.

"이거, 이상한 약 아니거든!"

저기, 아무도 안 물었는데.

다급히 손을 뻗으려는 녀석보다 먼저, 상준이 바닥에 떨어진 약 뭉치를 낚아챘었다.

남자의 귀가 곧바로 붉게 달아올랐다.

상준은 약 뭉치를 손에 움켜쥔 채 그를 돌아보았다.

"뭐야."

표정을 보아하니 흥분한 듯한데.

자신도 모르게 약을 낚아챈 거라, 악의가 없었음을 명시할 필요가 있었다.

우선 진정을 시켜야겠다는 생각에, 상준의 입에서 차분한 목소리가 튀어나왔다.

"약을 꼬박꼬박 챙겨 드시나 봐요."

아, 이게 아닌데.

졸지에 굉장히 이상한 의미로 들린 모양인지, 남자의 귀가 타들어갈 듯이 부풀어 올랐다.

그러곤 차갑게 식은 목소리로 재촉했다.

"빨리 내놓지?"

음.

안 그래도 그럴 생각이었다.

아프지도 않은데, 굳이 남의 진통제를 왜.

상준은 부드러운 미소와 함께 악의가 없었음을 다시 어필했다.

"열심히 챙겨 드세요."

"뭐?"

상준은 피식 웃으며 알약 뭉치를 녀석에게 건넸다.

"여기."

"짜증 나게."

감사 인사도 없이, 남자는 알약을 다급히 주머니에 밀어 넣었다.

그런 그를 빤히 올려다보며, 상준은 해맑은 말을 던졌다.

"타이레놀은 하루에 많이 먹으면 안 돼요."

"……"

"적당히 챙겨 드세요."

나름 걱정의 차원에서 덧붙인 말인데.

욱신거리는 어깨 탓에, 묘한 악감정이 배어 나와서일까.

말이 잘못된 방향으로 튕겨 나갔다.

"시발."

자리를 뜨는 남자의 입에서 욕지거리가 튀어나왔다.

그러거나 말거나.

남자의 욕설은 보컬트레이너 쌤의 목소리에 묻혀 버렸다.

"야, 너네! 빨리 들어와!"

"네, 바로 갈게요. 야, 빨리 따라와."

가만히 있다간 싸움이라도 날 거라고 생각했는지, 선우가 다급히 상준의 등을 떠밀었다.

오늘이 첫 수업이다. 앞에서 저렇게 부르는 터라, 상준은 발걸음을 재촉할 수밖에 없었다.

선우에게 끌려가며 슬쩍 뒤를 돌아본 순간.

약 뭉치를 움켜쥔 녀석의 손이 떨리고 있었다.

그것 역시 약물의 부작용이라고 생각하며, 상준은 속으로 혀를 찼다.

'약물 오남용이 저렇게 안 좋은 거라니깐.'

속으로 중얼거리던 상준의 생각은, 그를 보자마자 탄성을 지르는 선생에 의해 깨어졌다.

"어머!"

깜짝이야. 귓가에 대고 외쳐대는 통에, 상준은 놀란 눈으로 고개를 들었다.

그를 바라보는 선생의 눈에는 호기심이 가득했다.

명랑한 목소리가 말을 걸어왔다.

"네가 새 멤버야?"

"네, 이쪽이 새로 들어온 상준이, 저랑 동갑이에요."

선우가 특유의 사람 좋은 웃음으로 상준을 소개했다.

30대 중반으로 보이는 아담한 체구의 선생.

어딘가 익숙한 얼굴이라 잠시 고민하던 사이, 상준은 이전에 본 적 있던 오디션 프로를 떠올렸다.

"아, 안녕하세요."

90도의 인사를 마치고 다시 바라보니, 확실히 기억이 난다.

유명 오디션프로그램에 보컬트레이너로 심사를 맡을 정도로,

쨰 유명한 트레이너다.

너튜브에서 저만의 채널을 운영하면서 준연예인급의 인기를 누리고 있기도 한.

"어, 그래. 일단 자리에 앉아봐."

유지연 선생.

그녀의 한마디에 상준은 고개를 끄덕이며 벽에 가까이 붙어 있는 의자에 앉았다.

능숙하게 키보드를 몇 번 두드리던 유지연 선생이 놀란 눈으로 입을 열었다.

"어제 실장님한테 간단히 소식 들었는데."

"네."

"와, 진짜 잘생겼네."

앞에서 저렇게 대놓고 칭찬하니, 부끄러워 죽을 지경이다.

"가까이서 보니 더 잘생겼어."

"감사합니다."

자신도 모르게 숙여지는 고개에, 상준이 정신을 못 차리고 있던 순간.

유지연 선생이 갑자기 냉정한 태도로 고개를 들었다.

아까와는 180도 달라진 담담한 목소리다.

"근데 노래도 그렇게 잘한다며?"

"아, 그게."

지금의 이 상태라면 어느 정도 자신이 있다.

상준이 그녀를 똑바로 바라보며 고개를 끄덕이자, 유지연 선생이 웃음을 터뜨렸다.

"좋아. 자신감 넘치는 모습 좋네."

디리링.

그녀가 연습 삼아 빠른 손놀림으로 건반을 눌렀다.

"자, 그럼. 어디 한번 볼까."

기대에 찬 표정으로 자신을 올려다보는 그녀의 눈빛에, 아까와는 달리 퍽 긴장이 되기 시작했다.

'강인한 멘탈'이 없었더라면 버티지 못했을 거라고 생각하며, 상준은 똑바로 정면을 응시했다.

잔잔한 선율이 키보드 위를 타고 흘러내렸다.

'앗, 이건······.'

익숙한 도입부.

노래방에 가면 두세 칸 중에 하나에서는 꼭 흘러나오는, 유명한 노래방 애창곡.

그리고, 그 인기에 한몫하는 건.

'어마어마한 난이도지.'

저음에서 시작했다가, 후에 폭발하는 고음.

쉬지 않고 몰아치는 힘든 구성 탓에, 그 고음 구간을 제대로 원키로 부르는 건 가수들 중에서도 실력파로 꼽히는 가수들밖에 없었다.

하지만, 지금의 재능이라면.

'할 수 있다.'

상준은 떨리는 손으로 마이크를 붙들었다.

위아래로 요동치는 심장과는 다르게.

부드러운 목소리가 노래의 시작을 열었다.

어려운 곡이라는 악명은 과언이 아니었다.

멈출 줄을 모르고 치솟는 고음에, 마이크를 잡은 상준의 손이 미세하게 떨렸다.

할 수 있을까, 찰나의 순간에 고민이 되었지만.

'신이 내린 목소리' 재능은, 가창력도 어느 정도 커버를 해준다.

지금으로서는 이 재능을 믿고 지를 수밖에.

이 노래의 하이라이트.

빠르게 몰아치는 키보드 소리에 몸을 맡긴 채, 상준은 마이크를 움켜쥐었다.

나는 그곳에서 너를 기다리는데
너는 정말 괜찮은 건지
멀리멀리 가버린 너를
내가 붙잡을 수 있을까

숨이 넘어갈 정도의 고음 구간이 끝나고.

유지연 선생이 부드러운 손놀림으로 마무리 멜로디를 얹었다.

이 노래의 감정선, 그리고 호흡까지도 놓치지 않겠다는 마음으로.

상준은 마지막 소절에 혼을 실었다.

떠나지 마
이 자리, 그대로

간절한 목소리가 흘러나오고 나서야, 길고 길었던 노래가 마무리되었다.

"후아."

제대로 한 게 맞을까.

걱정스러운 마음으로 마이크에서 손을 뗐을 때.

연습실 안에는 싸늘한 정적만이 자리하고 있었다.

"……"

넋이 나간 표정으로 상준을 바라보는 유지연 선생과.

뒤늦게 들어와서 문 옆에 멀뚱히 서 있는 멤버들까지.

온통 자신을 향해 부담스레 쏠린 시선에, 상준은 놀란 눈으로 눈치를 살폈다.

내가 뭔 잘못이라도 한 걸까.

덜컥 불안해져서였다.

"그……"

무슨 말이라도 꺼내서 이 어색한 분위기를 환기시켜 보려던 순간.

"와, 미쳤다."

도영의 한마디가 침묵을 깼다.

그리고.

동시에 쏟아지는 박수 소리.

"와아아아―."

좁은 연습실 내를 가득 메우는 박수 소리에 놀란 나머지, 상준은 한 걸음 뒤로 물러섰다.

그의 옆에서 쭉 지켜보고 있던 선우와 유지연 선생은 물론이고.

줄곧 싸늘한 눈으로 상준을 쏘아보던 유찬마저도 못 이기는 척 박수를 치기 시작한다.

상준은 얼떨떨한 표정이 되어 두 손을 모으고 섰다.

"대박인데?"

유지연 선생이 볼펜을 한 손으로 돌리며 씨익 웃었다.

최고 정점에 있는 보컬트레이너가 인정하다니.

더할 나위 없는 영광에, 어색한 몸뚱이가 몸 둘 바를 몰랐다.

"감, 감사합니다."

"이름이 나상준이랬나?"

유지연 선생의 부드러운 눈초리가 상준을 향했다.

상준은 힘차게 고개를 끄덕이며 그녀를 똑바로 응시했다.

담담하고도 정확한 그녀의 평가가 이어졌다.

"뭐, 가창력 면에서는 아직 부족한 부분이 있기는 하지만."

"네."

일반 연습생이라면 최고의 트레이너에게 수업을 들을 기회 자체가 흔치 않다.

그녀가 건네는 모든 조언을 스펀지처럼 빨아들이겠다는 심정으로 열심히 경청했다.

가창력이라.

'신이 내린 목소리'의 부가 효과에 가창력이 포함되어 있긴 하지만, 가창력이 주가 되는 능력은 아니다.

'나중에 가창력 쪽 재능이나 얻으면 좋을 텐데.'

아무리 찾아보아도 가창력 관련 재능은 찾지 못했던 터라, 씁쓸한 마음에 고개를 숙이고 있던 찰나.

제법 진지한 얼굴로 비판을 늘어놓던 유지연 선생의 표정에 다시 밝은 빛이 돌았다.

이윽고 감탄 섞인 한마디가 튀어나왔다.

"목소리는 정말 완벽해. 신이 내린 목소리야."

"감사합니다!"

뭐랄까, 구슬프면서도 세련된 목소리다.

유지연 선생은 감탄하며 말을 이었다.

"목소리가 되게 아름다워, 슬프고. 야, 나중에 넌 아리랑 같은 거나 불러봐라. 사람들 눈물 줄줄 나오겠다."

"아……!"

뒷말은 유지연 선생이 아무렇게나 던진 거긴 했으나, 듣기만 해도 몰입이 될 정도로 깊이 있는 목소리인 건 맞다.

상준은 칭찬 덕에 밝아진 얼굴로 거듭 고개를 숙였다.

유지연 선생은 만족한 듯, 종이 위에 몇 마디를 적더니 말을 이었다.

"이 정도면 메인보컬을 해도 될 수준인데. 실장님이 오자마자 데뷔 조로 가라고 한 이유가 이거였구만."

고개를 돌리자, 선우 역시 납득한 표정이다.

평상시라면 적의 가득한 눈빛으로 자신을 쏘아봤을 유찬조차, 반쯤 넋이 나간 얼굴이다.

상준은 여유로운 미소를 지으며 다시 자리에 앉았다.

칭찬을 들은 건 퍽 오랜만이다.

"앞으로도 기대할게."

유지연 선생이 차트를 덮으며 고개를 들었다.

"뭐, 연습생 테스트는 여기까지."

"넵!"

"다음 주에 데뷔 평가도 있으니까, 다음 수업 시간부터는 연습곡 익혀 오고."

"알겠습니다!"

유지연 선생은 그 한마디를 남기고, 곧바로 나갔다.

신이 내린 목소리라.

아까의 말을 보아하니 첫인상은 좋게 남긴 듯싶은데.

'왜 저렇게 기분이 좋아 보이지?'

조승현 실장을 만나러 가겠다는 그녀의 얼굴은 흥분으로 가득해 보였다.

*　　　　　*　　　　　*

"실장님! 실장님!"

펑.

고막을 찢어놓을 듯한 외침과 함께 사무실 문이 벌컥 열렸다.

사무실 문을 저렇게 박차고 들어올 만한 사람은.

뇌에 생각이라고는 탑재하지 않은, 아직 어린 도영과…….

'유지연 선생인가.'

"아니, 실장님!!"

역시.

조승현은 예상대로 뛰어 들어오는 유지연을 보고는 피식 웃음을 흘렸다.

알고 지낸 지가 몇 년이라 그런지, 허물없는 모습에도 굳이 뭐라 하지 않는 승현이었다.

그런데 무슨 일인지, 오늘은 지연이 퍽 흥분한 모습이다.

"연습생, 실장님이 데려오신 거 맞죠?"

다급하게 달려온 모양인지 거친 숨을 몰아쉬며 물어오는 지연에, 승현은 놀란 얼굴이 되었다.

지연은 붉어진 귀를 손으로 식히며 승현을 향해 되물었다.

"후아, 그 친구 있잖아요. 새로 들어온 잘생긴 애."

"아."

승현은 씨익 웃으며 고개를 끄덕였다.

첫 수업을 하고 돌아온 눈치다. 승현은 미소와 함께 지연에게 넌지시 물었다.

"수업해 봤더니 어때?"

"어떤 게 문제가 아니라."

아까 상준의 앞에서는 장단점을 들어가며 나름의 비판을 던지긴 했다.

미묘하게 부족한 가창력이 지연의 귀에 들렸으니.

하지만, 그건 자만하지 말라는 의미에서일 뿐.

'완벽했어.'

사소한 단점마저도 다 가려 버릴 정도로, 사람을 홀리는 목소리.

지연은 이제껏 단 한 번도 그런 목소리를 접한 적이 없었다.

성량이나 호흡을 사용하는 기술적인 면들이야, 발성 연습과 지도를 통해 충분히 커버할 수 있는 수준이다.

지연은 다이아몬드 원석을 발견한 것만 같은 흥분을 감출 수가 없었다.

"걔 노래 들어봤죠? 뭐 하는 애예요?"

지연이 두 눈을 반짝이며 물었다.

승현은 지연의 질문에 대한 대답 대신 엉뚱한 물음을 던졌다.

"그 친구가 그렇게 마음에 들었어?"

아.

지연은 침을 삼키며 고개를 격하게 끄덕였다.

수많은 아이돌들을 눈으로 봐온 그녀다. 그 정도면 아이돌들 중에서도 톱급 실력으로 만들어낼 자신이 있었다.

무궁무진한 가능성이 보이는 원석을, 지연이 그냥 지나칠 리 없다.

승현은 호기심에 가득 차 있는 지연의 눈길을 보고는, 씨익 웃으며 말을 이었다.

"그 친구, 심지어 춤도 잘 춰."

그 한마디는 지연의 흥미를 한층 더 자극하기에 충분했다.

반짝이던 지연의 눈길이 급기야 타오르고 있었다.

"그 연습생, 어디서 데려온 거예요? 아니, 어디에 숨어 있다가 이제야 나타난 건데요?"

"YH 엔터."

"네?"

지연은 승현의 한마디에 경악했다.

YH 엔터테인먼트라면 지연도 잘 알고 있다.

톱급의 회사까지는 아니라지만, 나름 유명한 배우들과 연식이 있는 아이돌들을 데리고 있는 회사다.

그런 회사가.

"왜 이런 원석을 넘겨줘요? 아니, 걔네 바보예요?"

"그러게."

승현 역시 피식 웃으며 의자를 뒤로 젖혔다.

왜 멍청하게 그런 원석을 뺏긴 건지, 왜 꽁꽁 숨겨두고만 있었는지는.

그조차 이해가 안 가는 부분이다.

'저렇게 서 있기만 해도 빛이 나는데.'

유리창 너머로 멤버들과 나란히 서 있는 상준이 눈에 들어왔다.

외모만으로도 웬만한 아이돌들은 압도하고도 남을 비주얼이다.

게다가 실력까지 갖췄으니.

"안목이 없어도 너무 없었나 보군."

아마도 최 실장이 지금쯤 몹시 후회하고 있을 터다.

승현은 그렇게 짐작하며 탁자 위에 서류를 올려놓았다.

툭.

지연의 시선이 두툼한 서류 뭉치로 향한다.

승현은 의미심장한 미소를 지으며 말을 던졌다.

"그래서 말인데."

승현은 눈앞에 놓인 서류를 손으로 가리키며, 조심스레 입을 열었다.

한두 번 본 안목이 아니라는 듯, 예리한 눈빛이 지연을 향했다.

"마침 프로그램 하나가 들어왔는데."

"……."

"이거, 그 친구 어떨 것 같아?"

　　　　　*　　　　　　*　　　　　　*

　들어설 때마다 늘 신비로운 느낌이 감도는 서고.

　상준은 날아다니는 책들을 몇 번 붙잡아두고는 다시 날려 보
내기를 반복했다.

　안타깝게도 아직 썩 마음에 드는 재능이 나타나질 않았다.

　"우선 댄스 쪽 재능은 꼭 필요하겠고."

　대여 기간은 2주인 데다, 곧바로 같은 재능은 대여할 수가 없다.

　동일한 재능일 경우에는 대기 시간이 3일이나 되니.

　처음에는 아무렇지 않은 페널티라고 생각했는데, 이용하다 보
니 새삼 그 한계가 느껴졌다.

　더군다나 한 번에 대여할 수 있는 재능이 고작 두 개라니.

　"그게 좀 아쉽네."

　상준은 서고의 벽에 몸을 기대며 작게 중얼거렸다.

　널따란 서고가 오늘따라 더욱 적막하게 느껴졌다.

　이 넓은 곳을 다 뒤져도 원하던 가창력 관련 능력은 보이질
않았다.

　'어쩔 수 없지.'

　막상 들어온 이상, 곧바로 나가고 싶지는 않았다.

　비밀스러운 서고의 분위기 탓에 처음에는 홀릴 것만 같아 불
안했지만.

　이제는 아니다.

　비밀 아지트처럼 친숙해진 모습에, 상준은 푹신한 레드카펫
위로 드러누웠다.

다른 연습생을 상대하는 데 톡톡히 도움을 줬던 짙은 녹색의 책.

상준은 그 책을 허공 위로 띄워 보냈다.

[592번째 재능 '강인한 멘탈'을 반납하시겠습니까?]

눈앞에 떠오른 메시지를 승인하자마자, 책이 자유롭게 허공을 박차고 올라갔다.

얼핏 봐도 꽤 높아 보이는 천장을 목이 빠져라 올려다보며, 상준은 눈앞의 서재로 발걸음을 옮겼다.

「유연한 댄스 머신」.

"크흠."

다소 부끄러운 이름에 대여할 때마다 망설여지긴 하지만.

조승현 실장과의 면접에서도 검증되었듯이, 효과만은 만족스러웠다.

더군다나 당분간은 춤을 출 일이 많을 테니.

[1,427번째 재능 '유연한 댄스 머신'을 대출하시겠습니까?]

망설임 없이 재능을 빌리고는, 붉은 책을 가방에서 꺼냈다.

오늘 유지연 선생에게도 극찬을 받아냈던 고마운 재능이다.

두툼한 책 표지를 흐뭇한 미소로 쓸어내리며, 상준은 책의 첫 장을 펼쳤다.

「신이 내린 목소리」

―입문자편.

입문자편이라면 심화 단계도 있는 모양인데.

상준이 쭈욱 훑은 재능 서고에는 전부 입문자편 위주의 도서들이 있었다.

'심화편도 있나.'

호기심 가득한 눈길로 주위를 둘러보던 상준은 책의 설명을 확인했다.

조그마한 글씨로 자잘한 설명이 적혀 있었다.

「신이 내린 목소리」

―사람들의 당신의 목소리에 감화될 것이며, 모든 이들을 당신의 노래로 사로잡을 수 있다.

―가창력 부가 효과 30%

―?: 17,803/100,000

위의 두 줄은 이 책을 얻게 된 첫날에도 여러 번을 읽었던 멘트지만.

대수롭지 않게 책장을 넘기던 손이 그대로 멈췄다.

"이건 뭐지?"

새롭게 추가된 물음표에, 놀란 눈으로 책을 내려다보았다.

알 수 없는 숫자 십만에다가.

"이 숫자는 또 뭐야?"

얼핏 봤을 때는 일종의 달성률로 보이는데.

물음표가 떡하니 박혀 있으니, 어떤 걸 달성해서 수치가 올라갔는지조차 알 길이 없다.

이걸 어떻게 알아내야 하나 고민하던 찰나에.

펄럭펄럭.

다홍색의 책 한 권이 코앞을 스쳐 지나갔다.

"엇!"

저건…….

짧은 순간이었지만 책의 제목을 봐버렸다.

'신이 내린 가창력!'

제대로 본 게 맞다면, 그토록 찾고 있었던 그 책이다.

으억.

상준은 나직한 탄식과 함께 뻐근한 몸으로 손을 뻗었다.

위아래로 정신없이 펄럭거리는 책을 쫓기 위해서였다.

펄럭.

책은 그런 상준을 약 올리듯이 공중을 한 바퀴 돌더니, 갑자기 방향을 바꿔 날아갔다.

"허억……. 허억."

상준은 거친 숨을 내뱉으며 손끝에 온 신경을 집중했다.

제법 날렵하게 커브를 돌며 빠져나가려던 책은, 모퉁이 근처에서 결국 손에 걸렸다.

그리고.

"잡았다!"

한 걸음 앞서 몸을 던진 덕에 사로잡는 데에 성공했다.

상준은 두 팔로 간신히 잡은 책을 붙들었다.

파닥파닥.

상준의 손에 붙들린 책이 펄럭대며 저항하고 있었지만, 아무래도 상관없다.

빠르게 대출 버튼을 누른 뒤 대여하기만 하면 그만인데.

"응?"

안 된다. 아무리 눌러도 먹히지 않는 시스템에, 다급한 손이 열심히 허공 위를 내지른다.

그 순간.

띠링.

[현재 단계에서는 대출이 불가합니다.]

"현재 단계……?"

왼쪽에 붙들린 「신이 내린 목소리」가 반사적으로 눈에 들어왔다.

「신이 내린 목소리」와 「신이 내린 가창력」.

상준은 양손에 들린 두 책을 번갈아 내려다보았다.

이름도 비슷하니, 마치 연작 같다는 느낌을 지울 수가 없다.

맨 아랫줄의 알 수 없는 숫자가 또다시 눈에 밟힌다.

설마, 저게 일종의 해금 조건인 걸까.

[?: 17,803/100,000]

불길한 짐작이 맞다는 듯이.

"이런."

책의 마지막 줄이 환하게 반짝이고 있었다.

$$* \qquad * \qquad *$$

적막한 연습실 사이로 감미로운 목소리가 울려 퍼진다.

한 치의 흠도 잡을 수 없는 완벽한 목소리.

그 뒤로 깔리는 건 휴대전화의 허접한 mr 버전이지만.

사람 하나 없는 연습실이 무대인 것처럼, 상준은 최선을 다해 열창했다.

그리고.

"삼만 칠천육백이라⋯⋯."

생각보다 빠르게 차오르는 속도에, 상준은 만족스러운 미소로 책을 응시했다.

지난 며칠간 숫자의 정체를 알아내려 분투한 결과.

상준은 달성치의 기준을 대강 알아챘다.

'온전히 음색에 집중한 시간.'

음색의 매력을 제대로 살려, 온전히 노래에 집중한다.

책에 써 있는 10만이 초 단위가 맞다면.

"대략 28시간⋯⋯."

음색을 가꾸고 활용하는 데, 순전히 그 정도의 시간을 할애하면 된다.

물론 하나에 그토록 집중하는 게 결코 쉬운 일은 아니었지만.

뭐, 원래는 쉬운 일이 있었던가.

상준은 책을 움켜쥔 채 작게 중얼댔다.

"노력한 만큼 재능이 따라온다고 했지."

최 실장이 반쯤 나간 정신으로 건넸던 말을 떠올렸다.

노력한 만큼 따라와 준다라.

그 절반만 따라와 줘도 상준은 바랄 게 없었다.

다른 건 몰라도.

'노력하는 건 자신 있으니까.'

주먹을 세게 움켜쥐며, 상준은 악보로 시선을 돌렸다.

이번에도 상준의 픽은 절실한 음색이 도드라지는 발라드곡.

도입부가 시작되자마자 빠르게 차오르는 숫자를 내려다보며, 상준은 미소를 지었다.

잔잔하던 멜로디가 하이라이트를 향했다.

"나는 매일 너를 그리워하며—."

머릿속에 그린 대로 목소리가 튀어나올 때.

연습의 재미가 비로소 느껴진다는 걸 이제야 알았다.

그리고 그 맛에 눈을 뜬 순간, 졸린 몸을 이끌고도 연습을 멈출 수가 없었다.

'연습한 만큼 는다니.'

그보다 더한 기적이 있을까.

상준은 속으로 중얼거리며 부드럽게 음을 꺾었다.

그렇게 상준이 온전히 연습에 빠져 있던 순간이었다.

"뭐지?"

적막한 복도에 구두 소리가 울려 퍼졌다.

잠시 두고 간 짐을 챙기러 들른 승현은, 느닷없이 들려오는 노랫소리에 의아한 얼굴이 되었다.

"이렇게 늦은 새벽까지 대체 누가……."

승현은 작게 중얼거리며 노랫소리가 이끄는 곳으로 따라갔다.

홀린 듯한 발걸음이 멈추지를 않았다.

"설마."

몇 걸음 떼자마자, 승현은 그 노랫소리의 정체를 알아챘다.

멀리서도 귀를 이끌게 만드는 신비한 목소리.

이런 아름다운 목소리를 가진 사람은 한 명밖에 없었다.

승현은 미소를 지으며 조심스레 문을 열었다.

새카만 복도 위로 미세하게 흘러나오는 밝은 빛.

승현이 문을 열고 들어왔음에도, 전혀 눈치를 채지 못한 상준의 뒷모습이 눈에 들어왔다.

휴대전화를 한 손으로 꼭 움켜쥔 채 노래에 열중하는 모습.

승현은 반쯤 홀린 눈으로 상준을 올려다보았다.

'역시 완벽해.'

심지어 성실하기까지 하다.

승현은 속으로 감탄하며 조심스레 상준에게 다가갔다.

상준은 여전히 승현을 눈치채지 못한 채, 귀에 꽂힌 이어폰으로 자신의 음색을 체크하고 있었다.

승현은 그런 상준을 지켜보다 조용히 어깨에 손을 얹었다.

"허억."

갑작스러운 감촉에 놀란 상준이 한 걸음 뒤로 물러섰지만.

자신을 툭툭 친 손길의 정체를 알아채자마자, 90도로 고개를 숙였다.

"실장님!"

"아니, 새벽까지 연습한 거야?"

상준은 밝은 미소를 띄운 채 열심히 고개를 끄덕였다.

오랜 연습에 목이 조금 쉬었는지, 상준이 인상을 찌푸리며 침을 삼켰다.

"좀 쉬면서 해도 되는데."

"데뷔 평가도 있고, 아무래도 처음이다 보니. 조급해서요."

덤으로 「신이 내린 목소리」의 달성치를 채워가야 했으니.

빠릿빠릿하게 대답하는 상준의 모습에, 승현은 다시 한번 만족스러운 미소를 짓고는 답했다.

"어우, 열심히 하네."

"감사합니다!"

"노래는 이미 수준급인데 더 연습하려고?"

달성치만 다 채우고 나면, 그다음은 댄스에 집중할 생각이다.

"아직은 부족한 것 같아서 그렇습니다."

상준은 망설임 없이 답하며, 예상해 둔 연습곡들을 쭈욱 늘어놓았다. 제법 세세한 계획을 들은 승현의 두 눈이 동그래졌다.

'이렇게까지 성실한 애가 있던가.'

아무리 생각해도, 그런 중급 엔터에서 묻혀 있을 만한 친구가 아니다.

승현은 애써 놀란 기색을 감추며 상준의 어깨를 툭툭 두드렸다.

"그래, 잘해봐라."

"네, 감사합니다!"

인사성 좋게 고개를 숙이는 상준을 보며, 승현은 왠지 모르게 마음이 동했다. 저렇게 열심히 하는 모습을 보니. 하나라도 더 알려주고 싶은 마음이랄까.

승현은 나가려던 발걸음을 붙들고 고개를 돌렸다.

"아, 그리고."

"넵!"

다음 연습곡을 검색하던 상준이 빤히 승현을 바라보았다.

승현은 미소를 머금은 채, 그를 향해 한마디 충고를 건넸다.

"대표님이 시선 처리를 중요하게 생각하셔."

"시선 처리요?"

"표정 관리 같은 거. 넌 너무 뻗어 있더라."

아.

승현의 한마디에, 상준의 얼굴이 환하게 밝아졌다.

처음으로 하는 데뷔 평가에 그가 좋은 성과를 거두길 바란다는 마음이 묻어나는 충고다.

상준은 거듭 고개를 숙이며, 승현에게 감사 인사를 전했다.

쾅.

짐을 챙겨 멀어지는 승현의 뒷모습을 바라보며.

상준은 방금 전해 들은 귀한 정보를 머릿속에 새겼다.

"시선 처리와 표정 관리라……'

상준은 입꼬리를 씨익 올리며, 책 한 권을 손에 붙들었다.

기왕 이렇게 된 김에.

"데뷔 평가 무대를 뒤집어놓자."

제3장

데뷔 평가

[?:100,000/100,000]

됐다.

드디어, 드디어.

상준은 책을 두 손으로 쓸어내리며 긴장한 기색으로 침을 삼켰다.

수많은 연습을 거친 끝에 결국 달성해 냈다.

"이것 때문에 잠도 못 자고."

꼬박 사흘을 쏟아부은 결과가 눈앞에 펼쳐지고 있었다.

매일 7시간. 하나에 온전히 집중한다는 게 결코 쉬운 일이 아니기에 실제로는 그보다 더한 시간을 갈아 넣었다.

"와."

상준은 감격한 얼굴로 책을 붙들었다.

달성치가 만료된 책이 밝은 빛을 내뿜었다.

창틈으로 들어오는 달빛보다도 은은하고 화사한 빛에, 상준은 잠시 두 눈을 감았다.

그리고.

어김없이 메시지가 떠올랐다.

[1,672번째 재능 '신이 내린 목소리'를 체화하셨습니다.]

['재능 서고'의 회원 등급이 '일반' 등급으로 상승하였습니다.]

그 밑으로 쏟아지는 세세한 설명들.

상준은 열심히 스크롤을 내리며 빼곡한 글자들을 확인하다가, 밝아진 얼굴로 고개를 들었다.

자연스럽게 입 밖으로 탄성이 튀어나왔다.

"와."

죽어라 노력을 쏟아붓긴 했으나, 이렇게 곧바로 재능으로 돌아올 줄이야.

한 번에 겨우 2개의 재능을 대여할 수밖에 없어 한계를 느끼고 있었는데.

이 놀라운 기회는 심지어 또 다른 기회를 물고 돌아온 것이다.

「일반 등급」

―대여 기간 2주일.

―대여 가능 권수: 3권

―'일반' 등급 단계의 서책들을 대여할 수 있습니다.

—대여 희망 리스트 작성이 가능해집니다. 리스트에 미리 기입해 둔 서책은 재능 서고를 들르지 않고도 바로 대여가 가능해집니다.

재능을 체화함에 따라, 서고의 등급이 오르는 형태라니.

상준은 내적 비명을 지르며 제자리에서 뛰어올랐다.

"아아악! 너무 좋……."

"뭐 하냐."

두 주먹을 꽉 쥔 채 발광하던 상준은, 느닷없는 목소리에 얼 어붙었다.

돌아선 자리에는 푸른 머리가 한심하다는 눈길로 상준을 바 라보고 있었다.

"음."

언제 들어온 건지는 모르겠으나, 혼자 방방 뛰는 걸 들켰으니 부끄러워 죽을 것 같다.

붉어지는 귀를 쓸어내리며 상준은 떨떠름한 표정으로 유찬을 돌아보았다.

"별건 아니고."

몇 번의 수업 뒤로 상준의 능력을 확인해서인지, 유찬은 더 이 상 거들먹대지는 않았다.

하지만 그렇다고 껄끄러웠던 사이가 나아지는 건 아니었다.

상준은 머쓱하게 웃으며 머리를 긁적였다.

"기분 좋은 일이 있어서."

"내일이 데뷔 평가인데. 미리 깨질 거 생각하니까 기분이 좋은가 봐."

저 자식은 두 살이나 어리면서, 말도 참 예쁘게 한다.

상준은 신경질적으로 책을 덮으며 고개를 까닥였다.

"그래. 깨질 생각 하니까, 벌써부터 기분이 좋아 죽을 것 같네."

"……"

성가시다. 저렇게 늘 툭툭 시비를 걸어놓고는, 살벌한 눈빛으로 노려만 보고 있으니.

상준은 속으로 혀를 차며 나갈 채비를 했다.

함께 활동할 멤버이니 이렇게 사사건건 부딪히고 싶지는 않은데.

"잘해서 좋은 거겠지."

"응?"

잘못 들은 걸까.

상준은 놀란 눈을 끔뻑이며 고개를 들었다.

빤히 자신을 향하는 눈길에, 유찬이 부담스럽다는 듯 시선을 돌렸다.

크흠.

담담한 그의 한마디가 슬쩍 튀어나왔다.

"그냥 부럽다고."

저렇게 대놓고 인정할 줄은 몰랐는데.

아무 생각 없이 책을 쓸어내리던 상준이 그대로 얼어붙었다.

그러거나 말거나.

폭탄 같은 말을 던진 유찬은, 아무 일 없다는 듯이 자리를 떴다.

쾅.

굳게 닫히는 유리문을 바라보며, 상준은 반쯤 넋이 나간 얼굴로 고개를 들었다.

내가 뭘 들은 거지, 싶은 표정으로.

상준은 두 눈을 천천히 끔뻑였다.

지난 며칠간 유찬을 봐온 결과, 상준의 감상 평은 이랬다.

"쟤가 어디 아픈가……?"

*　　　　*　　　　*

무겁게 내려앉은 공기.

상준뿐만 아니라 네 명의 멤버들 역시 굳게 입을 닫은 채 고개를 숙이고 있었다.

늘 까불거리던 도영조차도 오늘은 잔뜩 긴장한 기색이다.

"들어와."

승현의 한마디에, 잔뜩 굳어 있던 상준의 표정이 곧바로 밝아진다.

스위치를 껐다 켜는 듯한 놀라운 변화에, 옆에 앉아 있던 선우는 속으로 감탄을 내뱉었다.

긴장할 때는 긴장하더라도, 아이돌이라면 저렇게 흔들림 없는 표정을 갖춰야 한다.

"안녕하십니까!"

떨리는 목소리와 달리 그 어느 때보다 힘찬 인사를 마치고, 멤버들은 각자의 자리를 찾았다.

상준의 위치는 오른편 사이드.

꽤나 가까운 거리에 앉아 있는 중년의 남성이 눈에 들어왔다.

'저 사람이 대표…….'

뉴스 기사에서 본 적 있는 얼굴이다.

젊은 나이에 엔터를 차리고 이렇게까지 성공시킨, 말 그대로 자수성가의 표본.

부드럽게 입가에 띄운 미소와는 달리 속을 꿰뚫어 보는 듯한 예리한 눈빛이 상준을 향해 꽂힌다.

고로, 무서워 죽을 것 같다.

하지만, 초조한 마음과는 달리 상준은 제법 여유로운 표정을 유지하고 있었다.

「무대의 포커페이스」.

승현의 팁을 바탕으로 대여해 온 재능을 발휘할 차례다.

"후아."

짧게 내뱉은 숨과 동시에.

두두둥.

드럼 비트가 노래의 시작을 열었다.

은은한 미소를 띠고 있던 상준의 표정이 곧바로 노래의 분위기를 타고 변화한다.

불빛 하나 보이지 않던 어둠 속에서
내게 다가온 한 줄기 빛을 믿어

역동적인 몸놀림과 안정적인 보컬 실력.

연습실에 모여서 열심히 연습에 몰두했던 시간이, 고스란히 무대에서의 실력으로 이어지고 있었다.

별생각 없이 고개를 파묻고 있던 최태형 대표의 얼굴은 이내 놀라움으로 가득 찼다.

'이렇게 잘했던가.'

데뷔 조건 하지만, 아직 경험이 부족한 연습생들에게 많은 걸 기대하지는 않았다.

각이 잡힌 군무와 라이브라고는 믿기지 않는 아름다운 목소리.

여럿이 만들어내는 완벽한 동작이 만족스러웠지만.

그보다도.

'저 친구는 뭐란 말인가.'

그중에서도 유난히 빛나는 한 원석.

최태형 대표는 상준에게 정신을 뺏겨 버렸다.

짧은 파트가 나올 때마다 무대를 완전히 장악해 버리는 매력적인 목소리에, 흠잡을 데 없는 시선 처리.

긴박감 넘치는 노래의 분위기에 맞게 곧바로 바뀌어 버리는 카리스마 넘치는 눈빛까지.

"와."

저도 모르게 탄성을 내뱉는 최태형 대표를 슬쩍 보고는, 승현이 씨익 미소를 지었다.

완전히 마음을 사로잡힌 모양이다.

지금 대표의 심정을 충분히 이해할 수 있었다. 승현 역시 상준을 처음 봤을 때 같은 느낌이었으니.

상준은 끝까지 빨려 들어갈 듯한 눈빛으로 무대를 장식했다.

한 치의 실수도 없는 움직임 속에서.

"……"

파바박.

강렬한 드럼의 비트가 마무리되고.

"허억…… 헉."

좁지만 간절했던 무대 위에서, 열정을 쏟아부은 이들의 숨소리만이 들려왔다.

"감사합니다!"

헐떡이는 숨을 고르며, 단체로 크게 외쳤다.

잔뜩 긴장한 기색의 멤버들이 고개를 들었다.

최태형 대표는 그 어느 때보다 반짝이는 눈빛으로 그들을 바라보고 있었다.

'잘한 게 맞을까.'

과연 데뷔할 수 있을까.

그런 간절함이 가득 담긴 눈빛들이, 최태형 대표를 향했다.

그 물음에 대한 답변이라면 곧바로 던질 수 있었다.

지금 당장 데뷔시켜도 손색이 없는 실력이라고.

하지만.

"나상준이라고 했나?"

최태형 대표의 시선이 상준을 향했다.

"네, 그렇습니다!"

상준은 두 손을 공손히 모은 채, 침을 삼켰다.

의미심장한 눈길로 상준을 바라보던 최태형 대표.

그는 턱을 괴고 있던 팔을 풀고는, 나직이 입을 열었다.

"자네랑 얘기 좀 나누고 싶은데."

"네! 네……?"

상준의 두 팔이 곧바로 경직되기 시작했다.

부드러운 미소와 함께 최태형 대표는 상준을 쓰윽 훑었다.

이내, 최태형 대표의 강렬한 한마디가 상준에게 꽂혔다.

"대표실에서 보지."

*   *   *

가만히 있기만 해도 어깨를 짓누르는 듯한 위압감을 주는 대표실.

그런 곳에 상준을 끌고와 놓고는, 정작 최태형 대표는 말이 없었다.

혹시 실력이 부족하니 다시 돌려보내기라도 할 생각일까.

상준은 별의별 걱정을 속으로 늘어놓으며, 최태형 대표의 눈치를 살폈다.

그 순간.

"이거 한번 봐봐."

툭.

최태형 대표의 손에서 서류철이 미끄러졌다.

방대한 내용을 담고 있는 듯한 두툼한 서류.

상준은 대표가 건넨 서류를 조심스레 양손으로 받아 들었다.

「서바이벌 아이돌 육성 프로젝트—마이픽」.

"마이픽……?"

손에 받아 든 서류를 찬찬히 읽어가던 상준이 놀란 눈으로 고개를 들었다.

당황한 기색이 역력한 상준을 향해, 최태형 대표가 넌지시 말을 던졌다.

"이번에 공중파에서 새로 진행하는 오디션프로그램이야."

"이걸 제가 나가게 되나요?"

최태형 대표의 의중을 짐작한 상준이 떨떠름한 얼굴로 물었다.

최태형 대표는 고개를 끄덕이며 부드럽게 웃었다.

"국민 투표로 직접 아이돌을 뽑는 프로그램인데. 뭐, 중간에 예능 출연도 가능하다고 하니. 스케줄에도 딱히 지장 없을 것 같고……."

"아."

"데뷔하기 전에 인지도를 올려놓으면 좋을 것 같아서 말이지."

최태형 대표는 사업 수완 하나는 둘째가라면 서러운 사람이다.

분명 그라면, 반드시 성공할 패에 결단을 내렸으리라는 생각이 들었다.

하지만.

상준은 머릿속에 떠오르는 의문을 지울 수 없었다.

"그런데, 여기 보니 투표로 선정되면 프로젝트 그룹으로 활동한다고……."

어마어마하게 걸려 있는 상금도 충분한 메리트지만.

연습생들에게 가장 간절한 건 데뷔다.

데뷔가 불확실한 이들에게 희망을 주고, 나아가 데뷔를 지원해 준다는 게 프로그램의 취지인 것 같은데.

'내가 나가도 되나?'

이미 데뷔 조가 정해진 입장에서 느닷없이 이런 프로그램을 나가도 되나 싶어서였다.

하지만, 그런 상준의 의문이 귀엽다는 듯이 최태형 대표는 피식 웃음을 터뜨렸다.

어른들의 사업 계획이나 알 길이 없다만.

최태형 대표의 한마디는 퍽 의미심장하게 들렸다.

"그건 걱정할 거 없고."

"아, 넵."

"절대 그럴 일은 없을 거야."

단언하듯이 말하는 최태형 대표의 말에, 상준은 조용히 입을 다물었다.

아니, 빈말이라도 가능성이 있다고 해줄 수는 없는 걸까.

상준이 속으로 투덜대고 있는 사이, 최태형 대표는 부드럽게 웃으며 입을 열었다.

"실력이 엄청나던데."

"아, 감사합니다!"

"지금 되게 많이 기대하고 있어."

아.

퍽 부담되는 소리지만, 상준은 애써 여유로운 미소로 고개를 숙였다.

'그런데 왜 데뷔는 가망이 없다는 거지.'

최태형 대표의 말에는 여전히 의문이 남아 있었으나.

이건 기회다.

아직 데뷔도 못 한 연습생이 대중에게 자신을 선보일 수 있는 기회.

상준은 두 손을 모은 채, 이어지는 최 대표의 말을 들었다.

"나는 거짓말은 안 해."

최태형 대표는 담담한 목소리로 말을 뱉었다.

반드시 성공시키겠다는 의지, 그리고 자신감.

그 모든 것이 복합적으로 얽혀 있는 표정이었다.

최태형 대표의 생각은 그랬다.

아이돌 데뷔 프로그램으로 대중의 인기를 끌 '마이픽'에 상준, 도영, 유찬 세 명을 내보내고.

배우상인 선우와 제현은 웹드라마에 출연시키기로.

최태형 대표는 자신만만하게 고개를 까닥였다.

"최선을 다해 밀어줄 테니까, 너네는 뜨기만 하면 돼."

뜨기만 하면 된다.

가슴속에서 갈망하던 희열이, 최 대표의 한마디로 다시 불타올랐다.

상준은 힘차게 고개를 끄덕이며 말을 뱉었다.

"네, 알겠습니다!"

데뷔 평가 무대를 만족스럽게 본 뒤, 자신을 밀어주기로 했다면야 상준은 거절할 게 없었다.

최태형 대표가 두 눈을 빛내며 입을 열었다.

"나가서 눈도장 확실히 찍고 와."

그거라면.

상준 역시 바라던 바였다.

*　　　*　　　*

"공중파라니, 공중파라니……!"

데뷔 조 멤버들 중, '마이픽'에 출연하기로 결정된 멤버는 총 셋.

상준과 도영, 그리고 유찬이었다.

비주얼 센터로 상준을 세워놓고, 귀여운 매력을 담당하는 도영에, 카리스마 있는 실력파 유찬까지.

제법 체계적인 캐릭터를 밀어 넣겠다던 최태형 대표의 계산이 작용한 결과였다.

"와. 미쳤다, 미쳤어. 진짜. 다들 안 설레? 난 돌아버릴 지경인데?"

도영은 잔뜩 신이 난 기색으로 애꿎은 베개를 열심히 치고 있었다.

잠자코 앉아 있던 선우도 격앙된 얼굴로 제현의 옆구리를 툭툭 쳤다.

"야, 제현아. 우리 연기한댄다."

이쪽은 이쪽대로, 다른 이유로 신이 났다.

공식적인 공중파 드라마는 아니지만, 웹드라마다.

"대박."

연기 쪽에 은근히 열망이 있었던 선우는 기분 좋은 미소를 지었다.

마치 인생 선배 같은 말투로, 선우는 제현의 어깨를 토닥였다.

"연기 관련해서 모르는 거 있으면 물어봐."

"형도 처음이잖아."

"아이고, 우리 막내. 팩트로 잘 때리네."

괜히 맏형다운 모습을 보이려던 선우는, 막내의 팩트에 몸 둘 바를 몰라 했다.

얼핏 봐도 긴장한 선우와는 달리, 제현은 막대 사탕을 오물거리며 대본을 슬쩍 넘겼다.

「러브 인 하이스쿨」.

고등학교에서 벌어지는 로맨스를 담은 드라마인 모양인데.

선우는 여주인공 주변의 친절한 선배를, 제현은 까불거리는 후배 역을 맡게 됐다.

친절함이야 자신 있는 선우였지만, 워낙 말이 없는 제현이 까불거리는 역을 잘 해낼 수 있을지 자연히 걱정이 됐다.

'미리미리 연습해야지.'

그 탓에 선우는 벌써부터 제현을 붙들고 대본 연습에 들어가고 있었다.

대본을 움켜쥔 선우는 첫 번째 줄의 대사를 손으로 가리켰다.

"자, 이 대사 읊어봐."

"난 너만 보여써."

"아니, 발음 그렇게 하지 말고. 좀 멋있게."

"난 너만……."

막대 사탕을 우물거리고 있으니 똑바로 발음이 나올 리가.

"잠깐만."

제현은 사탕을 잠시 껍질에 싸두고 진지하게 대사를 내뱉으려 고개를 들었다.

타고난 결벽증이 있는 선우는 그 모습을 보고 기겁했지만.

"아니, 제현아! 그거 거기다가 두면 지지야."

"어?"

"다 먹었으면 버려야지!"

충격 어린 표정으로 제현을 올려다보는 선우와 영문을 모르겠다는 제현.

제현은 해맑은 눈동자를 굴리며 당당하게 말을 뱉었다.

"아껴놓고 이따 먹을 거야."

"아니, 형이 새거 사줄게."

"괜찮아."

해맑은 대답과 함께, 제현은 비닐로 싸두었던 막대 사탕을 다시 입에 물어버렸다.

그리고.

"안… 안 돼!"

아아악!

곧바로 선우의 절규가 이어진다.

당장에라도 뱉으라고 난리 치는 선우지만, 제현이 그 말을 들을 리가 없다.

하라는 대본 리딩은 안 하고, 다른 길로 새어버린 동료를 보면서 유찬은 혀를 찼다.

"뭘 저런 거로 유난이래. 하여간, 선우 형도 피곤한 성격이라니깐."

"됐고, 내 얘기 잘 들어봐."

도영은 진지한 목소리로 입을 열었다.

오랜만에 그의 입에서 맞는 말이 튀어나왔다.

지금 당장 첫 촬영 날짜까지 일주일 전이다.

"우리, 당장 연습곡 준비해야 돼. 실장님이 오신댔는데……."

그때까지 연습곡으로 평가를 받는다고 하니, 부담이 될 수밖에 없다.

웹드라마 대본을 외우는 데 바쁜 선우와 제현은 아니겠지만.

서바이벌프로그램이니만큼, 남들보다 돋보여야 했다.

그제야 목전으로 다가온 위압감에, 도영은 급격히 시무룩한 얼굴이 되었다.

"막 심사 위원들이 그러는 거 아니냐. 하, 죄송하지만 차도영 씨, 당신은 우리와 함께할 수 없습니다. 이러고 꽉! 그러고 나면 이제 다른 연습생들이 우리에게 말하는 거지. 야……."

"잠깐만."

쉴 새 없이 쏟아내는 목소리를 듣고 있자니 살짝 현기증이 날 것 같다.

시끄러운 나머지 도영의 입을 막아서려던 상준은, 괴상한 소리에 멈칫했다.

"꾸엑."

도영은 외마디 비명을 내지르며 앞으로 고꾸라졌다.

그 뒤에는 담담한 얼굴을 한 유찬이 뻔뻔하게 서 있었다.

"아, 저 미친 새끼가. 목을 쳐, 목을!"

도영이 짜증 섞인 표정으로 언성을 높였다. 빨갛게 부어오른 목을 보니 제대로 얻어맞은 모양인데.

시끄럽다고 목을 쳐버리다니. 참으로 과감한 처사다.

상준은 속으로 감탄하며 유찬을 돌아보았다.

유찬은 배신자를 처단해 낸 듯이, 고개를 까닥이며 뿌듯한 표정으로 중얼거렸다.

"넥 슬라이스."

맙소사.

뭘까, 저 뻔뻔함은.

"넥 슬라이스? 너 지금 내 모가지에……."

언제나처럼 싸워대는 둘이다.

넘칠 듯한 오디오에 과격한 액션까지.

또다시 난장판이 되어가고 있던 그 순간.

"너네 뭐 하냐."

"허억."

"악!"

조승현 실장이 둘의 어깨를 동시에 움켜쥐었다.

안 그래도 '마이픽' 무대 준비차, 잠시 들렀건만.

아니다 다를까 또 이렇게 놀고 있다.

조승현 실장은 혀를 차며 본론으로 들어갔다.

"너네 연습곡은 어떻게 할 거야."

"음."

"그렇지 않아도 내가 좀 준비를 해 왔는데."

툭.

조승현 실장이 서류철을 던졌다.

각종 장르의 대표곡들이 정리되어 있는 문서였다.

여기서 끼를 선보일 수 있는 곡들을 정리해서 올려보라며, 조 실장은 제안을 내걸었다.

"흠.

분명 좋은 곡들이 많긴 한데.

유찬은 살짝 걸리는 게 있는지, 담담한 얼굴로 손을 들었다.

"저희 첫 무대잖아요."

"그렇지."

"거기서 방송 분량도 제대로 챙겨야 될 거 아녜요."

지금 그들에게 절실한 건 인지도다.

남들처럼 적당히 잘하기만 하는 무대는 의미가 없다.

비슷한 수준의 연습생들이라면 널리고 널렸다.

그런 면에서 유찬의 지적은 정확했다.

"그러니까 남들과 다른 걸 해야지."

"다른 거?"

상준은 쓰윽 훑던 서류철을 내려놓고선 유찬을 돌아보았다.

이미 그림이 그럴싸하게 나올 법한 유명한 경연곡들을 구상하고 있던 상준이다.

하지만.

"남들과 다른 거라."

상준은 유심히 서류철의 목록들을 내려다보았다.

일렉트릭 음악부터 팝, 그리고 최신곡들까지.

간단한 편곡을 마치면 충분히 근사하게 선보일 수 있는 무대들이 그려지긴 한다만.

생각이 바뀌었다.

상준은 단호한 얼굴로 눈앞의 리스트를 치워 버렸다.

"그럼 이건 필요 없지."

그 모습을 지켜보고 있던 도영이 두 눈을 동그랗게 떴다.

조승현 실장 역시 당황한 눈길로 고개를 들었다.

"아니, 그건 갑자기 왜 치우는데?"

"필요 없으니까요."

도영 역시 황당하다는 듯이 말을 얹었다.

"거기서 괜찮은 노래를 정하면 되잖아. 남들 좀 안 하는 걸로다가. 나 아직 리스트도 못 봤는데?"

그와 함께 유찬의 속을 알 수 없는 눈빛이 상준에게 닿았다.

마주치기만 해도 껄끄러운 눈빛이긴 하다만.

오늘만큼은 제법 마음이 맞는 모양이었다.

상준은 씨익 웃으며 고개를 끄덕였다.

유찬이 도영을 돌아보며 넌지시 말을 던졌다.

"그러지 말고."

말문을 연 건 유찬이 먼저였지만.

그다음은 함께였다.

"우리, 자작곡으로 가죠."

*　　　　*　　　　*

"형, 어디 가! 어디 가냐고!"

도영이 다급한 목소리로 상준의 뒤를 따라왔다.

'제가 한번 제대로 해보겠습니다. 한 번만 믿어주세요.'

떨떠름한 표정으로 자신을 내려다보는 조 실장을 설득해, 간신히 3일간의 기회를 얻어낸 상준이었다.

그런 상준이 향한 곳은 옆방의 작업실.

악기들이 세팅되어 있는 작업실을 쓰윽 훑은 상준은, 과감하게 책상 위에 앉았다.

도영이 인상을 찌푸리며 물었다.

"자작곡? 지금 진지해?"

"응, 진지한데."

상준이 당당하게 답하자, 도영은 말도 안 된다는 듯이 곧바로 받아쳤다.

"실장님도 절대 안 될 걸 알고 계신 거라니까."

말이 쉽지 3일이다.

그사이에 곡을 짜고 안무까지 정한다니.

"일단 해보래잖아."

도영은 기가 차다는 듯이 말을 뱉었다.

"나는 반대야."

"나는 찬성."

잠자코 따라온 유찬이 당당하게 말을 뱉었다.

상준이 씨익 웃으며 유찬의 말에 덧붙였다.

"나도 찬성이고. 다수결인 거 알지?"

"엄유찬 이 새끼는 그렇다 치고, 형은 왜 그러는데. 단체로 돌았어?"

도영이 답답하다는 기색으로 가슴을 친다.

그러고는 이내 싸늘한 시선으로 유찬을 돌아보았다.

"너, 작곡은 할 줄 알아?"

"음, 아주 조금."

"아주 조금……? 아주 조금씩 해서 언제 하게? 우리 일주일이야, 다들 정신 차려."

절대 반대다.

도영은 두 손을 내저으며 한 걸음 뒤로 물러섰다.

늘 생각 없이 해맑게만 있는 녀석이라 저렇게 강경하게 나올 줄은 몰랐다.

상준은 의외라는 얼굴로 도영을 바라보았다.

"내가 도우면 되지."

상준이 어색하게 끼어든 한마디에 곧바로 도영의 탄식이 이어졌다.

적어도 도영의 눈에는, 둘이 되지도 않는 계획을 붙들고 우기는 걸로 느껴졌다.

"형은 뭐 작곡 잘해? 작곡 천재냐고."

"그러엄. 거의 베토벤이야."

상준은 고개를 까닥이며 양손으로 팔짱을 꼈다.

가만히 있던 유찬도 한마디 거들었다.

"베토벤이라잖아. 믿어."

"하, 형이 베토벤이면 난 모짜렐라야."

"도영아, 가만히만 있어도 반은 간다. 네가 무슨 치즈냐."

상준이 던지는 한마디에.

"아니, 지금 그게 중요한 게 아니잖아! 다들 미쳤나고오―!"

도영은 머리를 쥐어뜯으며 방바닥에 널브러졌다.

상준은 그런 도영을 물끄러미 내려다보며 생각을 더욱 굳혔다.

사실 웬만한 무대였다면 이 정도의 모험을 강행하지는 않았을 터였다.

하지만 대중에게 선보이는 첫 무대다.

특별하지 않으면 돋보일 수 없다.

상준은 머릿속으로 수많은 오디션 프로들을 떠올렸다.

자작곡으로 열풍을 일으켰던 실력파 그룹들부터……

'나상운.'

작곡마저 잘하던 동생까지.

사실 동생이 데뷔도 하기 전에 이름을 알린 것도, 이런 오디션

프로에서 돋보였기 때문이었다.

상준은 쓸쓸한 마음을 애써 돌리며 고개를 들었다.

"어떤 느낌을 원해?"

"뭐?"

느닷없는 상준의 한마디에, 도영이 황당한 얼굴이 되었다.

제대로 포인트를 잡지 못한 듯한 도영의 모습에, 상준은 나직이 되물었다.

"어떤 느낌을 원하냐고. 경연곡 스타일."

"아, 지금 찾아보려고 그러는 거지?"

그제야 안도한다는 듯 도영이 가슴을 쓸어내렸다.

한결 밝아진 도영이 속사포로 말을 쏟아냈다.

잠시나마 노선을 돌린 상준을 적극적으로 지원하겠다는 의미에서였다.

"나는 빠르고 신나는 노래 스타일을 좋아하는데. 우리가 전반적으로 상큼한 분위기잖아?"

맙소사.

저걸 제 입으로 얘기하는 인간은 처음이다.

썩어가는 상준의 얼굴을 모르는지, 도영은 해맑게 말을 이어갔다.

"그리하여 트로피컬 하우스 장르는 어떨까, 하는 조심스러운 의견이거든?"

트로피컬 하우스라면.

여름 분위기가 물씬 나는, 부드러운 EDM 느낌의 장르였다.

상준은 고개를 끄덕이며 탁자에서 볼펜을 꺼내 들었다.

"비슷한 노래 찾게? 내가 추천해 줘?"

"아니."

상준의 단호한 한마디가 뒤를 이었다.

그리고.

상준은 과감하게 책상에서 종이를 꺼내 펼쳤다.

새하얀 백지를 내려다보던 상준이 결심한 듯 고개를 들었다.

상준의 손에 들린 볼펜이 정확히 종이 위를 내지르기 시작했다.

"지금 뭐 하는 거야, 갑자기?"

도영이 두 눈을 동그랗게 뜬 채, 상준의 팔을 붙들었다.

그러거나 말거나, 상준은 도영을 슬쩍 뿌리치며 눈앞에 뜬 메시지를 단번에 수락했다.

[935번째 재능 '21세기의 베토벤'을 대출하시겠습니까?]

회원 등급이 오르면서 생긴 대여 리스트로 미리 골라뒀던 능력이었다.

"노래 굳이 찾을 필요 없어."

"뭐? 왜?"

띠링.

경쾌한 알림음과 함께, 기겁하는 도영을 뒤로하고.

상준은 커다란 백지 위에, 담대하게 오선지를 그려 나갔다.

그야…….

"내가 직접 만들 거니까."

*   *   *

머리가 돌아가는 속도보다도 빠르게, 손이 쉴 새 없이 움직였다.

그렇게 몇십 분을 쏟아부었을까.

상준은 떨리는 손으로 고개를 들었다.

책상 위에 꺼내놓은 백지에는 어느덧 빼곡한 음표들이 들어차 있었다.

넋이 나간 얼굴로 상준의 결과물을 내려다보던 도영은 굳게 입을 닫았다.

도무지 믿기지가 않아서였다.

"다 했다."

상준의 떨리는 목소리가 입 밖으로 튀어나왔다.

그 안에는 미묘한 희열마저도 스며들어 가 있었다.

작곡에 대해서는 일가견이 없는 자신이 이렇게 곡을 써 내려 갔으니.

천재적인 재능까지는 아니었어도, 감각 있는 아마추어가 만들 어낸 수준의 퀄리티로는 뽑혔다.

이게 입문자편이라면, 심화편은 대체 어느 정도일까 궁금해질 정도로.

상준은 거듭 감탄을 내뱉었다.

"와."

감탄이 절로 튀어나오는 건 옆에서 이 광경을 지켜보던 도영 도 마찬가지였다.

무슨 말로 이 경이를 표현할까 고민하던 도영의 입에서 다급 한 목소리가 흘러나왔다.

"이 콩나물은, 뭐랄까."

도영은 머리를 움켜쥔 채, 감격에 찬 목소리로 말을 던졌다.

"내가 본 콩나물 중에서 가장 예술적인 것 같아……."

아니, 콩나물이라니.

제법 진지하게 뱉어내는 말에 상준은 피식 웃음을 흘렸다.

"형, 이거 한번 나 쳐봐도 돼? 진짜 근사한 작품이 나올 것 같은데"

도영이 간절한 눈빛으로 상준을 올려다보았다.

지금의 도영은 상준의 한마디라면 간이라도 빼줄 거 같은 모양새였다.

상준이 슬쩍 고개를 끄덕이자, 도영이 급하게 키보드를 끌어왔다.

그 순간.

조 실장이 연습실 문을 벌컥 열고선 들어왔다.

"어디, 작곡은 잘돼가고 계시나?"

"실장님!"

상준은 놀란 눈으로 벌떡 일어섰다.

너희들 마음대로 한번 해보라고, 3일을 덜컥 준 그였지만.

'믿을 수가 있어야지.'

고작 연습생들뿐이다. 제대로 작곡을 배워본 적도 없는 녀석들이니, 자작곡을 맡길 생각이 없었다.

자작곡? 물론 좋다. 심사에서 많은 가산 요인이 되는 부분임은 분명하지만.

괜한 시도를 해서 시간을 낭비하는 것보다야, 차라리 완벽한 커버를 준비해 가는 게 낫다.

말은 3일을 기다리겠다고 했지만, 어서 포기하고 커버곡이나 준비하자며 회유를 할 생각이었다.

"어떻게 돼가나 한번 보려고."

조승현 실장은 뒷짐을 진 채 말을 뱉었다.

멍하니 앉아 있는 걸 보니, 분명 성과는 내지 못한 거 같고.

커버곡이나 하자고 말을 꺼내면 되려나, 생각하던 찰나였다.

"실장님, 실장님!"

"상준이 형, 벌써 작곡까지 다 했대요!"

도영의 해맑은 목소리에, 조승현 실장은 놀란 눈으로 인상을 찌푸렸다.

겨우 몇 시간이 흘렀을 뿐이다.

벌써 자포자기하고 놀고 있을 것 같아서 감시하러 온 건데.

"다 했다고?"

"들려 드릴까요?"

조승현 실장의 동공이 빠르게 흔들렸다.

그런 그의 속마음도 모른 채, 상준은 도영의 어깨를 툭 쳤다.

"한번 쳐봐."

오케이.

단번에 고개를 끄덕인 도영은 조심스레 건반 위에 손을 얹었다.

상준이 그려놓은 악보를 키보드 위에 올리고, 도영은 과감하게 연주를 시작했다.

도영은 상준의 예상대로 수준급의 피아노 실력을 가지고 있었다.

빰. 빠바밤.

상준이 머릿속으로 그렸던 강렬한 도입부가, 도영의 손에서 다시 탄생했다.

피아노가 내는 소리다 보니, 약간의 아쉬움은 있었으나 그 자체로도 충분히 감이 왔다.

"이건 대박이다."

경쾌한 트로피컬 사운드에 강렬한 멜로디.

한번 들으면 중독이 될 것 같은 노래에, 유찬은 저도 모르게 리듬을 타기 시작했다.

이 중독성 있는 멜로디 위로 드럼 비트를 그려내고, 둔탁한 베이스음을 밀어 넣으면 된다.

즉각적으로 떠오르는 악상에 스스로도 감탄하며, 상준은 미소를 지었다.

"와."

멍하니 서서 듣고 있던 조승현 실장의 입이 벌어졌다.

아니.

"이걸 네가 작곡했다고?"

노래 실력도, 춤도 완벽했다.

그런데, 작곡에도 재능이 있을 줄이야.

조승현 실장은 혼란스러운 기색으로 상준을 바라보았다.

눈앞의 상준은 해맑게 고개를 끄덕이고 있었다.

'그냥 지금 음반으로 내도 될 수준이야.'

중독성 있는 멜로디가 귓가에 맴돌았다.

피아노 연주가 이 정도면, 작곡 프로그램으로 찍어냈을 때 어떠한 곡이 탄생할까.

승현의 심장이 점점 빠르게 뛰기 시작했다.

도영이 해맑은 목소리로 조승현 실장에게 물었다.

"실장님, 그럼 저희 이 곡으로 준비해도 될까요?"

'마이픽' 첫 번째 무대.

괜히 새로운 도전을 선호하지 않는 조승현 실장이었지만.

적어도 이 부분은 확실히 말할 수 있었다.

'원석 같은 곡이야.'

조금만 가꿔내도 빛을 발할 노래.

아마추어가 만들어낸 곡임에도, 단번에 자신의 심장을 쥐고 흔들 정도의 끌림이 있었다.

"실장님, 실장님?"

"어?"

잠시 동안 멍해 있던 정신을 깨우고.

조승현 실장은 떨리는 목소리로 말을 뱉었다.

"…그래, 이대로 가자."

"와, 정말요?"

조승현 실장의 시선이 향한 곳에, 상준이 뿌듯한 미소를 짓고 있었다.

동생만큼이나 뛰어난 재능과 빛을 가지고 있는 녀석.

조승현 실장은 흐뭇한 미소로 상준의 어깨를 토닥였다.

"너네한테 다 맡길 테니까."

"…와."

"원 없이 멋진 무대 보여줘라."

* * *

그렇게 조승현 실장의 인정을 받은 뒤로.

본격적인 연습이 시작되었다.

상준의 작곡, 도영의 작사, 마지막으로 유찬의 안무까지.

그들의 손길이 곳곳에 들어간 무대.

그 무대를 망치지 않기 위해, 단체로 쉴 새 없이 연습에 연습을 거듭했다.

그런데.

아무리 그래도.

"하, 저 형은 가만 보면 열정이 지나쳐."

"…살려줘."

잠시 쉬는 와중에도 유찬이 짜 온 안무를 연습하고 있는 상준을 돌아보며 도영은 혀를 찼다.

그 옆에서 포커페이스로 일관하던 유찬도, 마침내 죽는소리를 내었다.

그러거나 말거나.

연습에 집중하고 있던 상준은 느닷없이 소리를 내질렀다.

"야. 야! 나 완전 대박이다!"

"뭔데? 뭐가 대박 났어?"

갑자기 해맑게 즐거워하는 상준의 모습에, 도영이 벌떡 고개를 들었다.

작곡 사건 이후로, 도영은 상준을 향한 무한 신뢰로 가득 차 있었다.

하지만 그런 그조차도 그다음 말에선 차마 그에게 동조할 수 없었다.

"이거, 연습하니까 동작이 물 흐르듯 이어지네. 하, 아까 여기 막혀서 죽을 뻔했거든."

"응……?"

"한 70번 연습하니까 괜찮네. 너도 같이할래?"

도영의 안색이 창백하게 질렸다.

땀을 뻘뻘 흘리면서도 해맑게 웃고 있는 상준이 새삼 무섭게 느껴져서였다.

뭔 저런 노력파가 다 있어…….

재능이 있는 인간이 노력까지 하면 저런 괴물이 된다는 걸, 요즘 들어 뼈저리게 느끼고 있는 도영이었다.

정작 상준은 아직 자신의 재능을 실감하고 있지 못했지만.

'하, 열심히라도 해야지.'

분명 프로그램에 나가면 완성체 연습생들만 있을 거라며.

속으로는 덜덜 떨고 있는 상준이었다.

연습을 하다 말고 심각한 표정으로 서 있는 상준을 보고는, 연습실 바닥에 누워 있던 유찬이 고개를 들었다.

"야, 일어나."

"아악, 10분만."

도영이 바닥에 누워서 버둥거리든 말든, 유찬은 도영의 목덜미를 질질 끌고 왔다.

그렇게 강제로 연습에 참여하게 된 도영은, 노래가 시작되자 그래도 곧바로 포지션을 맞춰 섰다.

고작 세 명이서 서는 무대인 만큼, 각자의 매력을 확실하게 보여줘야 한다.

음색을 최대한 살리는 메인보컬의 자리를 맡은 만큼, 꽤나 힘든 안무를 추면서도 상준은 호흡을 유지하려 노력했다.

도영의 역할은 보컬을 튼튼하게 받쳐주는 리드보컬이었지만…….

"헉, 죽을 거 같아."

지금은 헥헥거리며 영 정신을 못 차리고 있었다.

곧바로 유찬의 타박이 이어졌다.

"차도영, 정신 똑바로 차리라고!"

일사불란하게 이동하는 동선과 고난도의 안무.

재능을 대여한 상준은 한 번 스윽 보고는 바로 외워 버렸지만, 도영은 같은 부분에서 거듭 실수를 하고 있었다.

도영은 시무룩한 얼굴로 유찬을 가리키며 말을 이었다.

"저 형은 괴물이고, 넌 천재고. 난……. 나는……."

두 손으로 얼굴을 감싼 채 도영은 바닥 위로 고꾸라졌다.

"나는 왜 재능이 없어……."

엎어진 채 같은 말만 중얼거리는 도영을 보고는, 상준이 놀란 눈으로 고개를 돌렸다.

재능이 없어서 고생했던 과거를 떠올리니, 절망하는 저 심정이 퍽 이해가 가서였다.

하지만 적어도 상준의 기준에선, 도영은 절대 재능이 없는 인간이 아니었다.

'나 정도는 되어야 재능이 없는 거지.'

도영은 댄스 쪽이 좀 약하긴 하지만, 보컬은 수준급이었다.

게다가 스스로 자신이 귀엽다는 걸 안다. 그게 가장 큰 장점이라고 상준은 단언할 수 있었다.

정말 기가 찬 소리긴 하지만, 저런 성격이 아이돌에겐 얼마나 좋단 말인가.

부끄러워서 가만히 있는 거보다야, 팬들을 향해 손가락 하트라도 하나 더 날려주는 것이 팬 서비스다.

최 대표 역시 같은 생각을 하고 도영을 프로그램에 내보낸 게 분명했다.

상준은 도영의 어깨를 토닥이며 말을 건넸다.

"네가 왜 재능이 없어. 너는…….."

"나는!"

"귀척을 잘하잖아."

"……."

아, 이게 아닌데.

상준은 급하게 발언을 수습했다.

"아, 그러니까. 너 스스로의 귀여움을 잘 활용한다?"

"…욕이지."

수습에 실패했다.

으아악―.

또다시 앞으로 고꾸라지는 도영을 물끄러미 내려다보며, 상준은 차마 위로를 더 건네지 못했다.

그런 도영을 가뿐히 무시한 유찬은 주머니에서 콜라 사탕을 하나 꺼내 들었다.

그러고선 신나게 사탕을 물고 있는 유찬의 앞으로 도영이 주저앉아 중얼거렸다.

"역시 난 재능이 없어…….."

같은 주제로 계속 한탄하고 있는 도영을 한심하게 응시하며, 유찬은 혀를 찼다.

"내일 경연인데."

"아아악!"

정말 끝까지 냉정한 유찬이었다.

*　　　　*　　　　*

하지만, 도영이 몸부림치며 현실을 부정하든.

상준이 밤잠을 줄여가며 연습하다 수명을 깎아대든.

프로그램 촬영 날은 다가오고야 말았다.

「마이픽」.

아이돌 데뷔 프로젝트라는 거창한 이름을 내걸고, 제법 전폭적으로 지원하겠다는 조건까지 더해졌으니.

마이픽에 참여한 소속사만 해도 꽤 많았다.

"떨린다."

명단에 이름 있는 소속사들도 곳곳에 보였던 터라, 상준은 한층 더 긴장한 기색이 되었다.

유찬은 얼어붙은 도영을 놀리기에 바빴지만, 상준 역시 마른침을 삼키고 있었다.

"와아아아—."

56명의 연습생들이 모여 있는 대기실 밖으로 함성이 터져 나왔다.

생각보다 많은 사람들의 기대가 쏠린 탓에 마이픽의 첫 촬영부터 진작 방청석이 매진되었다는 소리를 들었다.

이미 연습생의 명단이 인터넷에 공개된 터라, 대중들의 관심은 폭발적이었다.

"밖에 사람 개많대."

"카메라 앞에선 말 똑바로 하랬지."

필터링 없이 튀어나오는 도영의 말을 막으며, 상준은 주변을 둘러보았다.

비주얼로는 어디 가서 꿀리지 않을 법한 상준이었지만, 여유 가득한 모습의 다른 연습생들을 보니 긴장이 되는 것은 사실이었다.

"우리가 다다음이랬지?"

"어. 이제 대기하란다."

도영은 울상이 된 표정으로 일어났다.

유찬은 무미건조한 시선으로 대기실을 쓰윽 훑어보고는, 제작진의 안내에 따라 복도를 걸어 나왔다.

방송국 특유의 무거운 공기가 어깨를 짓누르는 복도를 지나.

그들은 마침내 무대 바로 옆에 다다랐다.

"네. YH 엔터 무대 봤는데요."

"넵."

"솔직히 말씀드려서 기대 이하의 무대였습니다. 심지어 중간에 크게 실수까지 했는데, 거기서 너무 흐트려져 버려서……."

얇은 문틈으로 바깥의 심사평이 가감 없이 들려왔다.

"와, 진짜 무섭다."

도영은 완전 죽을상이 되어 벽에 머리를 박았다.

초조해 보이는 표정조차도 숨긴 채 무대를 진행해야 한다는 걸 알면서도, 그 긴장감을 억누르기는 어려웠다.

상준이 떨리는 호흡으로 숨을 들이마시던 때.

"네, YH 엔터테인먼트 연습생. 서재진 연습생 제외 전원 F입니다."

사회자가 냉정한 목소리로 말을 뱉었다.

"자, 그럼 다음 무대 준비해 주세요."

앞의 팀이 무더기로 F를 받아버리고 나니, 그게 남 일 같지 않아 한층 더 두려웠다.

지금이라도 숨어버리고 싶은 마음이 굴뚝같았지만.

이제 그들의 차례다.

"후아, 나가자."

무대의상을 고쳐 입으며 무대에 나설 준비를 하던 그들 앞에.

"하, F가 말이 되냐고."

"네가 실수를 하지 말았어야 할 거 아냐."

"다 됐고. 재진이 형 부럽다. 혼자 A냐, 치사하게."

앞선 무대에서 혹평을 받았던 YH 엔터의 연습생들이 문을 박차고 나왔다.

단체로 걸렁한 가죽 재킷을 입은 채, 심기 불편한 얼굴로 투덜대고 있었다.

과거에 잠시나마 상준이 몸담고 있었던 회사인 만큼, 시선이 가는 건 어쩔 수 없었다.

심지어 아는 얼굴도 몇 보였고.

하지만, 그들 사이에 끼어 있는 또 다른 익숙한 얼굴과 마주하는 순간.

둘은 동시에 얼어붙고야 말았다.

"뭐야."

초면부터 왜 꼬나보냐며 시비를 걸어왔던, 그 마약 연습생.

'아니, 활동 접은 거 아니었어?'

그다지 마주치고 싶지 않았던 불편한 얼굴이.

지금 상준의 눈앞에 있었다.

제4장

서바이벌에 뛰어들다

찰나의 순간, 싸늘한 정적이 감돌았지만 멈칫할 수는 없었다.

"무대, 올라와 주세요."

사회자의 한마디에, 상준은 엉거주춤한 자세로 무대 위로 올라섰다. 무대 위를 가리고 있는 커튼을 슬쩍 걷어내자마자, 수많은 방청객들이 눈에 들어왔다.

"와."

뒤에서 짧은 탄식을 뱉어내는 도영을 슬쩍 돌아보고는, 상준 역시 마른침을 삼켰다.

이제는 무대 위에서 자신을 보여줘야 한다.

와아아아ㅡ.

그들이 무대 위에 모습을 보이자마자, 관객석에서는 우레와 같은 함성 소리가 울려 퍼졌다.

"안녕하십니까!"

아찔하게 넘나드는 정신 줄을 붙든 채, 그들은 우렁차게 인사를 내뱉었다.

방금 전까지 덜덜 떨던 도영도 마냥 해맑아 보이는 얼굴이었다.

'완전 무대 체질이구나.'

상준은 그런 도영을 보고선 속으로 중얼거렸다. 하지만 그것도 잠시, 상준은 괜한 걱정에 빠졌다.

완전히 멘탈이 나간 듯 멍해 보이는 얼굴로 화면에 나오면 어쩌나 싶어서였다.

물론 상준의 걱정대로 멍해지기는 했다.

정확히는 상준이 아니라, 방청객들이.

"와……."

"쟨 누구야. 뭐 하는 애야?"

방청석에서 수군대는 소리가 간간이 울려 퍼지고.

카메라는 넋이 나간 방청객들의 얼굴과 멀뚱히 서 있는 상준의 얼굴을 번갈아 잡아내기에 바빴다.

그런 상황을 알 리 없는 상준은 애써 떨리는 손을 감춘 채, 조심스레 입을 열었다.

"저희가 준비한 곡은 '밤바다'라는 자작곡입니다."

그의 한마디에 방청객들의 시선이 일제히 그들에게로 쏠렸다.

"오호, 자작곡."

약 20여 개의 소속사에서 이번 프로그램에 참여했지만, 자작곡을 준비해 온 팀은 겨우 세 군데였다.

다들 자작곡이라는 한마디에, 퍽 기대를 갖는 눈치다.

심사 위원들의 시선이 기대감으로 가득 차는 걸 보며, 상준은
확신했다.

반쯤은 성공했다.

"무대 시작하겠습니다."

사회자의 한마디를 신호로, 상준이 만들어놓은 멜로디가 무
대 위로 울려 퍼졌다.

수많은 이들의 시선을 온몸으로 끌어안은 채, 상준은 마이크
를 세게 움켜쥐었다.

두두둥.

빠른 템포의 멜로디에도 긴장하지 않고 침착하게 동선을 찾
은 상준은, 이어지는 도입부 동작을 완벽하게 잡아냈다.

바다를 표현하는 듯한 유연한 동작과 그 안에 녹아들어 가
있는 파워풀함. 유찬이 직접 만들어낸 안무는 꽤나 고난도였다.

별빛이 쏟아지던 그 바다에서—
난 너와 함께 있었어

도영이 부드러운 목소리로 노래를 시작했다.

보컬에 강점이 있는 도영답게 그 음색을 듣자마자, 심사 위원
들 쪽에서 감탄이 튀어나왔다.

"꽤 하는데?"

도영의 파트가 무사히 끝나고.

방심할 새도 없이 곧바로 스피드한 동작이 이어졌다.

상체와 하체를 최대한으로 활용하며 동선까지 바꿔야 하는

파트라, 도영이 가장 많이 실수했던 구간이었다.

상준은 긴장한 기색의 도영을 살피며 마이크를 붙들었다.

유찬의 랩 다음으로 이어지는 하이라이트, 상준의 파트였다.

두두둥.

빠른 드럼 비트와 함께.

미끄러지듯 동선을 옮긴 도영이 완벽하게 안무를 끝냈다.

상준은 안도하면서 노래를 시작했다.

나는 그때 그 밤바다를 기억해

그와 동시에.

"와."

무대 밖에서 감탄이 튀어나왔다.

상준은 눈웃음을 지으며 특유의 부드러운 음색으로 거침없이 고음을 뽑아냈다.

카메라를 정확히 향하는 여유로운 시선 처리와, 곡의 분위기에 맞는 강렬하면서도 아련한 눈빛.

그걸 지그시 지켜보던 심사 위원들의 눈이 빛났다.

오늘도 나는
그 바다를 기억해

부드럽게 흘러가던 멜로디가 끝을 보이고, 상준은 감정을 담은 채 마지막 가사를 뱉었다.

"난… 기억해―."

그렇게 마지막까지도 긴장을 놓지 않은 덕분에.

무대는 한 치의 실수도 없이 마무리되었다.

"헉… 허억."

제 몫을 완전히 해낸 세 사람은 거친 숨을 내뱉으며 카메라를 응시했다. 마지막 엔딩 동작까지 온전히 카메라에 담긴 후에야, 그들은 감격에 찬 눈으로 고개를 들었다.

그리고.

"와아아아악―!"

무대 전체를 울릴 듯한 함성 속에서 상준은 알았다.

자신이 해냈다는 것을.

*   *   *

"무대 잘 봤습니다."

방청객의 열기가 채 식기도 전에, 가운데에 앉은 사회자가 입을 열었다.

상준도 익히 알고 있는 얼굴이다.

과거 유명 아이돌 그룹의 리더이자, 현재는 각종 예능을 종횡무진하고 있는 톱스타 강주원. 어느덧 30대 중반에 들어선 나이임에도 20대 같은 동안 비주얼이다.

'역시 연예인은 연예인이네.'

상준은 속으로 감탄하며, 두 손을 공손히 앞으로 모았다.

"자작곡이라고 했죠?"

강주원이 눈을 반짝이며 물어왔다.

"누가 작곡한 거예요?"

강주원의 물음에 도영이 생글거리며 상준을 툭툭 쳤다.

상준은 자신 있게 손을 들어 올렸다.

"접니다."

"대박이네. 유명한 작곡가라도 모셔 온 줄 알았어요."

"감… 감사합니다!"

대선배가 앞에서 저리 칭찬을 해주니, 긴장한 목이 뻣뻣이 굳고 있었다.

상준은 어정쩡한 자세로 강주원을 바라보았다.

그 옆에는 한층 더 익숙한 얼굴이 앉아 있었다.

'유지연 선생님……?'

상준은 헉 하는 심정으로 유지연 선생을 돌아보았다.

유지연 선생은 긴 생머리를 한쪽으로 스윽 넘기며, 상준을 향해 눈웃음을 지어 보였다.

상준은 살짝 고개를 까닥이며 인사를 대신했다.

여기서 보니 새삼 반갑다.

하지만, 반가운 내색을 하기에 상황이 여의치는 않았다.

곧바로 유지연 선생에게로 마이크가 옮겨져 갔으니.

상준은 긴장한 얼굴로 침을 삼켰다.

으음.

잠시 뜸을 들이던 유지연 선생은 밝게 웃으며 입을 열었다.

"노래도 완벽하고, 춤추면서도 흔들리지 않고. 흠잡을 데가 없는 무대였어요."

수업 때는 단점 위주로 내뱉던 그녀의 입에서 저리 칭찬이 나오다니.

새삼 놀랍다.

상준은 동그랗게 뜬 눈을 굴리며 그녀를 응시했다.

"아, 그런데."

그 순간, 강주원이 다시 마이크를 들었다.

이번엔 상준을 향해 시선이 고정된 채로.

"나상준 연습생한테 물어보고 싶은 게 있어서."

"예?"

자신을 지목할 줄은 몰랐던 터라, 당황한 상준의 두 눈이 번쩍 뜨였다.

상준은 바싹 긴장한 얼굴로 침을 삼켰다.

강주원은 부드럽게 마이크를 쥔 채 상준을 향해 물었다.

"센터는 어떤 사람이 해야 한다고 생각해요?"

시작됐다. 저 예리한 질문.

강주원은 원래 소속 연습생들에게도 이따금 예리한 질문을 던지기로 유명했다.

그 의미를 알 수 없는 게 문제였지만.

자신의 말 한마디가 어떠하냐에 따라, 이 장면이 방송을 탈 수도 있고 편집될 수도 있다.

'침착하자.'

상준은 침을 삼키며 최대한 여유롭게 고개를 들었다.

주로 중앙에 서서 가장 많은 파트를 가져가는 게 센터다.

그만큼 돋보일 수 있는 자리고.

"센터는—."

강주원이 무슨 의도로 저걸 물어왔는지는 알 수 없었으나.

상준의 입에서는 자신 있는 한마디가 튀어나왔다.

"왕관의 무게를 견딜 수 있는 사람이 해야 합니다."

"호오."

상준의 한마디에 강주원이 놀란 눈을 굴렸다.

곧이어 상준의 입에서 자연스레 말이 흘러나왔다.

"가장 많은 주목을 받을 수 있는 자리이지만, 동시에 사소한 실수도 용납되지 않는 자리입니다."

"……."

"그렇기에 그 무게를 견딜 수 있는 사람이 해야 합니다."

상준의 한마디에 도영이 놀란 눈으로 고개를 돌렸다.

'생각보다 말 잘하는데……?'

어벙하게 서 있을 거라는 예상과는 달리, 술술 흘러나오는 말에 유찬도 놀란 눈치다.

강주원은 상준의 대답을 듣고는 만족스러운 듯 웃어 보였다.

"아, 그래요?"

강주원은 미소를 지으며 책상 위에서 얇은 카드를 찾았다..

마지막으로 남아 있는 카드 한 장이다.

그렇기에 강주원은 지금 이 순간, 누구보다도 신중했다.

한 손에 잡히는 작은 카드를 들어 올린 강주원이 다시 마이크를 잡았다.

"그러면……. 나상준 연습생."

무슨 말을 꺼내려는 걸까.

상준이 긴장한 기색으로 강주원을 바라보던 그때.

강주원이 손에 쥔 카드를 들어 올렸다.

「센터 후보」.

팔랑팔랑.

그가 흔들어대는 파란 카드 위로 선명하게 박혀 있는 네 글자.

'설마.'

강주원은 씨익 웃으며 상준을 향해 고개를 까닥였다.

의미심장한 그의 목소리가 상준에게 말을 걸었다.

"어때요? 그 무게, 한번 견뎌볼래요?"

*   *   *

센터 후보는 총 5명.

최종 센터로 선정되면, '마이픽'의 시그널 송의 센터를 맡게 된다.

시그널 송으로 각종 음악방송까지 진출하는 만큼, 센터로 시작하는 건 어마어마한 혜택이었다.

그 혜택이 투표수로 직결되리라는 건 당연한 소리였고.

하지만, 그보다 상준의 마음을 끌어당기는 건 따로 있었다.

'제발.'

상준은 초조한 심정으로 단상 위에 서 있었다.

지금 이 순간, 저 수많은 방청객들이 자신을 내려다보고 있다.

하지만, 상준은 그 방청객들이 관객의 전부는 아니라고 생각했다.

끝이 보이지 않을 정도로 드넓은 음악방송 무대.

그 무대는 얼마나 아름다울까.

그 무대의 정중앙에 서서, 동생을 향해 웃어 보이고 싶었다.

잘하고 있다고.

손을 흔들어 보이며 자신 있게 전하고 싶다.

데뷔, 어쩌면 데뷔와 견줄 수 있을 정도로 그 무대가 상준에게 간절했다.

"센터 후보들은 나와주세요!"

강주원의 한마디에, 상준은 침을 삼키며 커튼 너머를 확인했다.

가장 마지막에 센터 후보로 선정된 상준이기에, 다른 연습생들의 도전을 기다리는 일만 남았다.

곧바로, 커튼이 걷히고.

저벅저벅.

네 명의 연습생이 걸어 나왔다.

그런데.

'저 인간은 왜 또 있는 거야?'

상준은 그중 한 사람의 얼굴을 보곤, 하마터면 표정 관리에 실패할 뻔했다.

무대에 오르기 전에도 마주쳤던, 그 마약 연습생.

'하아.'

바라보고만 있어도 껄끄럽다.

하지만, 저쪽도 마찬가지라는 듯 상준을 바라보는 눈빛이 싸늘했다.

"자자, 주목해 주세요!"

누가 센터를 차지할지.

방청석에서도 수군대는 목소리가 들려왔다.

"여기 다섯 명의 센터 후보가 있습니다."

강주원은 카메라를 향해 시선을 고정한 채 능숙하게 진행을 이어나갔다.

상준을 쓰윽 돌아보던 강주원은 미소와 함께 말을 뱉었다.

깔끔한 그의 질문이 네 명의 연습생을 향했다.

"자, 먼저 도전하실 연습생 있으신가요?"

후아.

상준은 한숨을 내뱉으며 연습생들을 응시했다.

'벌써 떨어지면 안 되는데.'

상준은 제발 수월한 상대가 나와주길 기대하며 두 손을 모았다.

그 순간이었다.

"저요."

와아아—.

첫 번째 도전에 방청객 쪽에서 함성이 터져 나왔다.

그리고 그 얼굴을 마주한 순간, 상준은 지그시 입술을 깨물었다.

강주원이 신이 난 얼굴로 바람을 잡았다.

"이야, 서재진 연습생이 도전을 신청합니다!"

마약 연습생.

남자는 자신감 넘치는 눈길로 상준을 올려다보고는, 성큼성큼 그를 향해 걸어왔다.

"제가 도전하겠습니다."

단번에 단상 앞에 다가선 남자가 도전적인 눈길로 상준을 자극했다.

여기서 말려서는 안 된다.

상준은 단상에 우뚝 선 채, 여유로운 눈길로 남자를 응시했다.

어찌 되었든 센터 후보까지 선정될 정도라면 만만치 않은 상대다.

'약만 꼬박꼬박 챙겨 먹는 줄 알았건만.'

나름의 재주도 있는 모양이다.

하지만, 상준 역시 재능이라면 충분했다.

'할 수 있다.'

덜컹.

단상 위에서 조심스럽게 내려온 상준의 시선이 카메라를 향했다.

자신감 넘치는 미소가 입가에 걸렸다.

"그 도전, 받아들이겠습니다."

                    *   *   *

"자, 무슨 분야로 도전하실 건가요!"

강주원의 한마디에 방청석이 후끈 달아올랐다.

서재진은 도전적인 눈길로 상준을 올려다보고는 피식 웃었다.

"뭐가 자신 있어요?"

이죽거리는 꼴이 영 마음에 들지는 않았지만.

상준은 평온한 얼굴로 답했다.

"보컬이요."

춤과 노래 중에서라면 노래가 낫다.

빠르게 판단을 마친 상준의 대답에, 서재진은 고개를 끄덕이며 자신있게 말을 뱉었다.

"그럼 노래로 하죠."

와아아ㅡ.

서재진의 한마디에 곧바로 사방에서 탄성이 터져 나왔다.

서재진은 두 팔을 양쪽으로 젖히며 엄지손가락을 치켜올렸다.

이런 식으로 호응을 얻어낸다라.

쏟아지는 환호성에 만족한 얼굴의 강주원이 바람을 잡았다.

"자자! 그럼 누가 먼저 시작할 건가요!"

"제가 하겠습니다."

이번에도 선수를 뺏겼다.

먼저 시작해서 좋을 게 하나도 없을 텐데.

서재진은 상준을 완전히 깔보는 모양새였다.

'약의 부작용에 허세도 들어가나.'

굳이 저런 사소한 거에 맞받아칠 필요는 없었다.

상준은 속으로 혀를 차며 서재진을 빤히 응시했다.

침착한 상준과는 달리 서재진은 완전히 기세등등한 얼굴이었다.

크흠.

헛기침과 함께 마이크를 잡은 서재진이 고개를 들었다.

"노래 틀어주세요."

서재진의 한마디에 애절한 멜로디가 무대 위로 흘러나왔다.

익숙한 도입부에 상준은 두 눈을 번쩍 떴다.

국내 유명 록 밴드의 록발라드곡이었다.

높은 음역대에다가 부르기도 까다로운 곡이지만, 서재진은 제법 자신 있게 노래를 시작했다.

'수준급이긴 하다.'

허점이 보이긴 하지만.

저 정도면 연습생치고는 꽤 높은 수준이라는 걸, 상준도 알았다.

"네, 여기까지."

긴장 속에 서재진의 무대가 끝나고.

방청석에서는 다시 환호성이 터져 나왔다.

"와아아—!"

"시작하시죠."

서재진이 도발적인 눈길로 상준을 돌아보았다.

상준은 고개를 까닥이며 마이크를 움켜쥐었다.

상준의 시선이 심사단의 유지연 선생을 향했다.

'선생님, 보세요.'

노력이라면 예전에도 상준을 따라갈 자가 없었다.

그리고 우등생이라면 선생님이 흘린 사소한 말마저도 주워 담아야 한다.

상준은 유지연 선생을 향해 싱긋 웃었다.

첫 수업 때 그녀가 남긴 말을, 상준은 기억하고 있었다.

'야, 나중에 넌 아리랑 같은 거나 불러봐라. 사람들 눈물 줄줄 나오겠다.'

상준이 카메라와 눈을 마주치자마자, 준비된 곡조가 흘러나왔다.

상준은 진심을 담아 마이크를 들었다.

그리고 그의 목소리가 홀을 가득 메운 순간.

"뭐야……."

방청객들의 얼굴이 동시에 멍해졌다.

홀린 듯 상준을 바라보는 시선들.

믿을 수 없다는 듯 입을 벌린 이들이, 상준의 구슬픈 노랫가락을 들었다.

국악도 아니다. 분명 가요가 맞는데, 뭘까 이 색다른 느낌은.

자신의 음색을 온전히 담아낸 듯한 첫 소절이 지나고.

"아— 아— 리랑!"

본의 아니게 팁을 전수해 준 유지연 선생과, 사회자 강주원.

그리고 멍한 눈의 서재진까지.

"고— 개를—."

모두, 얼어붙었다.

*   *   *

—미친ㅋㅋㅋㅋㅋㅋ 어떤 아이돌이 아리랑을 부르냐고.

ㄴ그 와중에 잘 부름…….

ㄴ얼굴이 열일함.

—저 노래를 듣고… 어머니가 우셨습니다.

ㄴ미쳤다미쳤어.

ㄴ저는 득음했습니다…….

—이 삭막한 세상에 당신이란 한 줄기 빛이 있어 참 다행입니다.

ㄴ사랑해!!!! 데뷔하자!!!!!

ㄴ주접 봐ㅋㅋㅋㅋㅋ

첫 번째 방송 이후, 댓글창은 뜨겁게 달아올랐다.

「'마이픽' JS 엔터 나상준 아리랑 불러」

「트렌드에 벗어난 선곡이지만 묘하게 잘 불러, 심사 위원의 극찬」

초록창에서는 연예 기사를 쏟아내고 있었고.

어느덧 메인에까지 올라간 기사의 댓글을 쓰윽 훑으며, 상준은 만족스러운 미소를 지었다.

역시 스승의 가르침은 완벽했다.

으음.

기사를 보다 보니, 그 당시 유지연 선생의 얼굴이 떠올랐다.

두 눈을 동그랗게 뜬 채 자신을 바라보는 눈빛은 분명.

사소한 것까지 기억한 자신에 대한.

'감동이겠지.'

상준은 뿌듯함에 코를 쓸었다.

그 순간, 만족스럽게 생각에 잠겨 있던 상준을, 흥분한 도영의 목소리가 깨웠다.

"아니, 그러니까. 마약 한 애가 무슨 수로 여길 나왔냐고."

"뭐, 이상하긴 하지."

평상시 남 일에는 전혀 관심이 없어 보이던 유찬도 의아하다는 듯 고개를 끄덕였다.

도영은 상준을 툭툭 치며 말을 이었다.

"형, 형! 기사 그만 보고!"

도영의 한마디에 상준은 넌지시 그를 돌아보았다.

도영이 저리도 열이 오른 이유는, 자신들의 데뷔를 무산시켰던 서재진이라는 남자 때문일 터였다.

상준은 고개를 끄덕이며 말을 던졌다.

"아, 그 연습생?"

1 대 1로 도전장까지 내밀었던 사이니, 상준 역시 괜한 호기심이 들었다.

도영은 주위를 슬쩍 살피더니 목소리를 낮췄다.

정보통인 도영의 입에서 비밀스러운 이야기가 흘러나왔다.

"아니, 그 형이 YH 엔터 사장 조카래."

"뭐?"

도영이 폭탄처럼 던진 말에, 상준과 유찬의 두 눈이 동그래졌다.

"진짜야?"

"내가 분명 그렇게 들었다니깐. 기자들 입 싹 다 막고. 돈으로! 이번에 새로 YH 들어가고 여기 프로그램에도 나왔대잖아. 아니, 이게 말이 되냐고."

말이 쉽지만, 그러다가 언젠간 걸릴 텐데.

상준은 눈살을 찌푸리며 고개를 갸우뚱했다.

도영은 가슴을 치며 울분을 토해냈다.

"와, 내가 확 피디님께 말해 버릴까! SNS에 글이라도 올려?"

"차도영, 진정하고."

도영이 그렇게까지 감정적으로 대처하는 성격은 아니라지만.

괜히 불안한 마음에 상준이 그를 진정시켰다.

도영은 잔뜩 상기된 얼굴로 고개를 숙였다.

"여튼 내가 그 인간 데뷔하는 꼴은 못 본다."

하지만 도영의 바람과는 달리.

인터넷상에서는 서재진 역시 상준 못지않게 많은 주목을 받고 있었다. 투표 결과가 나와봐야 알겠지만, 분명 상위권에 들 거라고 예감하고 있었다.

그건 도영 역시 느낀 모양인지, 잠깐 수그러들었던 도영의 분노가 급기야 과거의 일들로 치닫기 시작했다.

"아, 형. 그 인간이 어떤 인간인지 알아?"

"……."

"맨날 시비 털고, 나 완전 개무시했다니까?"

그때 단상에서 조소를 머금은 채 올려다보던 눈을 생각하면, 충분히 그럴 법했다.

유찬도 어느 정도는 동조하는지 줄곧 인상을 찌푸리고 있었다.

"하여간 그 인간이랑 같은 팀만 안 되면 내가 소원이 없겠……."

도영이 흥분한 채로 열변을 토하던 순간이었다.

벌컥.

대기실의 문이 활짝 열렸다.

그리고.

"뭐… 뭐냐."

타이밍조차 완벽하게, 서재진이 걸어 들어왔다.

"여기서 대기하라고 해서."

귀신이라도 본 듯이 질색하는 도영을 향해, 서재진이 의아한 눈빛을 던졌다.

담담하게 자신이 온 이유를 밝힌 서재진은 털썩 소파에 주저앉았다. 좁아터진 소파에 앉아버린 탓에, 서재진과의 거리가 퍽 가까워져 버렸다.

"후우."

도영은 인상을 찌푸리며 자리를 옮겼다.

"싸우지 마."

혹여 싸움이 일어날까 싶어, 상준이 주의를 주던 찰나.

"야."

서재진은 뜻밖에도 상준에게 말을 걸어왔다.

그것도 아주 못마땅한 얼굴로.

마주친 건 기껏해야 몇 번 안 되는 사이인데, 저리도 적대적인 표정이라니.

상준은 당황한 얼굴로 고개를 들었다.

"내 친구들이 네 얘기를 엄청 하더라고."

서재진의 뒤로 익숙한 얼굴들이 보였다.

YH 엔터의 연습생들.

재능이 없는 상준을 줄곧 무시했던 이들이었다.

저들한테 무슨 얘기라도 듣고 온 모양인데.

"너 춤도 못 춘다며."

서재진이 입가에 조소를 머금었다.

"노래도 못한다던데."

싸늘한 목소리가 상준에게 꽂혔다.

보다 못한 도영이 자리를 박차고 일어났다.

"야, 너 말 함부로 할래?"

노래 실력이야 서재진도 눈앞에서 봤을 텐데.

서재진은 자신의 패배를 인정하기 싫은 얼굴이었다.

대강 어떤 느낌인지 알겠다.

하늘을 찌르는 자신감에 못 이겨 남들을 깔보는 사람.

상준은 담담한 얼굴로 서재진을 응시했다.

"노래 못 불러서 아리랑 불렀나 봐. 뭐 특이한 거라도 하면 먹고 들어갈 줄 알았나 보지?"

"……"

"심사 위원들이 단체로 귀가 돌았는지 모르겠는데, 난 방송 장난치려고 나온 게 아니라서."

장난을 치려는 의도는 상준도 없었다.

그저, 스승님의 말씀을 따랐을 뿐.

상준은 미동도 없는 표정으로 서재진을 바라보았다.

그 표정에 더 화가 나는지, 서재진은 한층 더 불타올랐다.

"데뷔 조도 빽으로 들어가고, 센터 후보도 빽으로 들어갔나 봐. 아냐?"

"야, 서재진."

유찬이 이를 악문 채 말을 뱉었다.

서재진은 한층 더 살기 어린 눈빛으로 상준을 노려보았다.

말은 그렇게 뱉어냈지만 이해가 가지 않아서였다.

'분명 재능 없는 애라고 들었는데.'

서재진은 그때의 무대를 떠올렸다.

뜬금없는 경연곡이긴 했지만.

'그때 그 표정연기……'

그건 진짜다.

어쩌면 저 또라이 같은 선곡에, 센터 자리를 뺏길지도 모르겠다는 불안감이 들 정도로.

그렇기에 더 인정하기 싫었다.

특이한 경연곡을 내걸었기 때문에, 폭발적인 호응을 얻은 거라고.

그렇게 믿고 싶었으니까.

"어떻게 생각하시든 상관은 없는데요."

어차피 이 프로그램이 끝나면 만날 일 없는 사람이다.

신경을 끄고 사는 게 상준의 입장에도 편했지만.

'아, 형. 그 인간이 어떤 인간인지 알아?'

'맨날 시비 털고, 나 완전 개무시했다니까?'

울분을 토해내던 도영이 떠올라, 괜히 화가 치밀어 올랐다.

'아니, 왜 멀쩡한 애를 건드려.'

곱게 넘어가겠다던 계획은, 어느새 깡그리 사라져 버렸다.

상준의 입가에 부드러운 미소가 걸렸다.

"저는, 절 꽂아줄 빽이 없어서."

상준은 가슴에 손을 얹은 채 안타까운 표정을 지었다.

예리한 상준의 눈길이 서재진에게 닿았다.

자신을 꿰뚫어 보는 듯한 그 시선에, 서재진은 저도 모르게
어깨를 움츠렸다.

"꽂아줄 빽이 있는 기분은 어떤 기분일지, 저도 궁금하네요."

담담하게 자신을 향하는 시선.

의미를 알 수 없는 그 시선에.

서재진은 한 방 먹었다는 기분을 지울 수 없었다.

"와, 돌직구 대박이네."

"본인 얘기를 저렇게 뻔뻔하게 하고."

뒤편에서는 도영이 깔깔거리며 팝콘을 뜯고 있었다.

태연한 낯빛으로 서 있는 상준과, 흥미롭다는 눈길로 자신을 쳐다보는 유찬.

서재진의 얼굴이 붉게 달아오르기 시작했다.

"하."

자존감에 상준을 깎아내리면서도 정작 자신은 당당하지 못했으니까.

YH에 들어간 것도, 이 프로그램에 나온 것도.

스스로의 힘이라고 말하기엔 영 껄끄러웠으니까.

"야… 야!"

급기야 언성을 높이려는 서재진을, YH의 연습생들이 급하게 막았다. YH의 연습생들에게 팔이 붙들린 서재진은, 악에 받친 목소리로 말을 뱉었다.

"놔. 놓으라고!"

"저 새끼, 딱 봐도 재수 없는데. 아서라. 쟤 또라이라니깐."

정작 가장 재수 없는 것들끼리 뭐라는 걸까.

도영은 뒤에서 혀를 차며 서재진을 노려보았다.

금방이라도 난장판이 될 것 같은 상황이었지만.

"연습생들 나와주세요! 촬영 들어가겠습니다!"

복도를 울리는 제작진의 한마디에, 모두들 고개를 돌렸다.

이 다음 촬영이라면.

"센터 발표……!"

그들이 그토록 기다리던 시간이었다.

*   *   *

56명의 연습생들이 모이니 좁은 강당이 모두 들어찼다.

상준은 긴장한 기색으로 정면을 응시했다.

사방에서 떠들어대는 소리가, 오늘만큼은 들리지 않았다.

그때였다.

저벅저벅.

강주원의 발소리에 수군거리던 소음이 금방 잦아들었다.

"많이 기다렸죠?"

강주원이 씨익 웃으며 고개를 들자, 상준은 두 팔을 옆으로 붙인 채 경직되었다.

그의 손에 들린 새하얀 봉투에, 첫 번째 센터의 이름이 박혀 있을 터였다.

과연 저 봉투에 자신의 이름이 있을까.

상준은 떨리는 심정으로 봉투를 뚫어져라 노려보았다.

'무대에 서고 싶다.'

동생을 위해서라도. 그리고 자신을 위해서라도.

상준의 간절한 바람은 변함이 없었다.

"후우."

짧은 한숨을 내뱉으며.

상준이 창백해진 얼굴로 침을 삼키던 순간이었다.

강주원이 의미심장한 얼굴로 입을 열었다.

"자, 바로 발표하도록 할게요. 질질 끌면 다들 지치니까."

차분한 강주원의 목소리가 조용한 강당에 울려 퍼졌다.

"마지막 센터 후보로 지목된 연습생은 총 5명이죠? 심사 위원단과 방청객, 마지막으로 온라인 투표를 합산하여. '마이픽'의 첫 번째 센터를 선정하였습니다."

꼴깍.

침이 넘어가는 소리마저 들릴 지경이다.

상준이 떨리는 손을 모으고 있던 순간.

'뭐지.'

착각이었을까. 순간적으로 강주원의 시선이 상준을 향했다.

훑듯이 지나가긴 했지만 그의 시선이 자신에게 머문 것 같았다.

상준은 놀란 눈으로 침을 삼켰다.

'설마.'

강주원은 싱긋 웃으며 입을 열었다.

"네. 마이픽의 첫 번째 센터는ㅡ."

옆에서 도영이 입으로 효과음을 넣기 시작하자, 센터 후보를 제외한 연습생들이 따라 하기 시작했다.

"두구두구두구……."

가뜩이나 긴장되는데 이젠 미칠 지경이다.

상준이 초조한 얼굴로 입술을 잘근거리던 순간.

강주원의 시선이 이번엔 정확히 상준에게로 꽂혔다.

"어… 어?"

강주원은 새하얀 봉투를 연 채, 상준을 향해 씨익 웃었다.

분명, 착각이 아니다.

그렇다면.

강주원의 손에 들린 카드가 상준을 가리켰다.

"무게를 한번 견뎌봐요, 나상준 연습생."

"네……?"

찰나지만, 우주를 부유하고 있는 듯한 느낌이 들었다.

멍한 정신으로 상준은 고개를 들었다.

믿을 수 없었다.

죽어라 연습만 하던, 가망 없는 연습생에서.

이렇게 스포트라이트를 받게 되었다는 게.

재능 서고를 찾아내기 전까지는 상상조차 할 수 없었던 일이다.

"와."

상준의 곁을 감돌던 고요한 정적이 깨어지고.

상준은 자신을 흔들어대는 도영 덕에 정신을 차렸다.

"봐봐! 내가 형 될 거라고 했잖아. 맞지? 맞지?"

마치 제 일처럼 기뻐해 주는 도영에, 상준은 얼떨떨한 얼굴로 미소를 지었다.

"센터! 센터! 센터!"

사방에서 쏟아지는 구호에, 상준은 넋이 나간 얼굴로 주위를 돌아보았다.

듣기만 해도 설레는 함성 소리가 상준의 귓가를 울리고 있었다.

"와아아아—!"

"이야아악!!"

그리고, 그 함성의 중심에, 상준이 서 있었다.

*　　　*　　　*

"자, 오늘부터 너네 시그널 송 안무 연습 들어갈 거야."

꿈만 같던 순간이 현실이 된 뒤.

상준의 눈빛은 열의로 한층 더 타오르고 있었다.

유명 아이돌 그룹의 안무를 제작한다고 알려진, 국내 최고의 안무가가 그들 앞에 서 있었다.

공중파 방송이 지원한다는 프로젝트다 보니, 강사진도 엄청났다.

안무가 성대철.

그에게 수업을 듣는 날이 올 줄이야.

배울 수 있는 모든 걸 배워 가겠다.

열정이 넘치는 상준은 결연한 의지를 다졌다.

성대철 선생의 걸걸한 목소리가 본격적인 수업 시작을 알렸다.

"자, 그럼. 내가 보여줄 테니, 따라 해봐."

"네!"

A반 연습생들의 소리가 우렁차게 울려 퍼졌다.

성대철 선생은 만족스럽다는 듯 고개를 끄덕이고는, 시그널 송을 크게 틀었다.

빠른 템포의 노래가 곧바로 흘러나왔다.

연습생들의 입장에서는, 아직은 박자도 익히지 못한 낯선 곡.

기존 대중가요를 연습할 때와는 난이도 자체가 다를 수밖에 없었다.

"원 투, 원 앤 투."

"자, 이쪽에서 한 발 빼면서 몸을 돌리는 거야."

빠른 템포의 곡일 때부터 예상은 했지만.

안무는 생각보다 어려운 축에 속했다.

성대철 선생 역시, 연습생들이 바로 익힐 거라고는 기대하지 않았다.

그나마 A반 연습생들은 곧잘 따라 하는 편이긴 했지만.

'이 파트는 더 어렵지.'

춤의 하이라이트.

근사한 그림이 나오겠다 싶어 성대철 선생이 힘 좀 줘서 짠 파트였다.

이 안무를 멋있게 선보이려면 확실한 동작이 필요하다.

하지만 아직 낯설어서 그런지 다들 자신감 없는 동작을 선보이고 있었다.

성대철 선생은 쭈뼛거리며 따라 하고 있는 연습생들을 보며 혀를 찼다.

'저게 아닌데.'

"팔을 쭉쭉 뻗어야지. 그렇게 어정쩡하게 추면 누가 봐!"

날카롭지만 정확한 지적이었다.

성대철 선생은 예리한 눈빛으로 연습에 몰두하고 있는 연습생들을 살폈다.

물론 그 와중에도 곧잘 따라 하는 연습생들이 눈에 들어왔지만.

앞쪽에서 열심히 눈을 빛내고 있는 상준과.

그와는 살짝 다른 의미로 이글거리는 눈빛의 서재진.

서재진은 안무를 따라 하면서도 은근히 상준을 의식하고 있었다.

하지만, 그 역시 거기까지가 한계였다.

"곧바로 앉았다가 다시 일어나야 해. 삐걱거리지 말고."

활동량을 많이 요구하는 동작이다.

지친 기색 없이 여유롭게 안무를 선보이는 성대철 선생과는 달리, 곳곳에서 탄식이 튀어나왔다.

"허억… 헉."

여기서 버거워할 거라는 건, 성대철 선생 역시 예상했던 바였다.

연습생들이 거친 숨을 몰아쉬며 지친 모습을 보이는 탓에, 성대철 선생은 잠시 쉬어가기로 했다.

"일단 여기까지."

"네… 넵."

성대철 선생의 말이 마치기가 무섭게, 다들 제자리에서 쓰러졌다.

성대철 선생은 그런 연습생들을 바라보며 피식 웃음을 터뜨렸다.

"좀 어렵지?"

"네엡!"

도영이 헐떡이며 대답을 뱉어냈다.

도영은 붉게 달아오른 얼굴을 물병으로 식히며 죽을상을 하고 있었다.

성대철 선생의 눈길이, 자연히 그 옆에 앉아 있는 상준을 향했다.

'쟤는 지치지도 않나.'

다들 죽어가고 있는데, 혼자 멀쩡해 보이는 낯빛이다.

성대철 선생은 호기심을 품은 채 상준을 슬쩍 돌아보았다.

뜬금없이 아리랑을 부를 때부터 알아봤지만, 보통내기는 아니다.

안무를 곧잘 따라 하는 것도 그렇고.

크흠.

짧은 헛기침과 함께.

성대철 선생은 쓰러진 연습생들을 향해 질문을 던졌다.

"아, 여기 혹시 이미 안무 숙지 다 한 사람 있나?"

물론 당연히 그런 사람은 없으리라 예상하고 던진 질문이었다.

수업을 따라가기 영 어려울까 싶어, 제작해 둔 안무 영상을 어젯밤에 미리 뿌려줬었다.

눈으로라도 익히고 오라는 의미에서였다.

하지만, 그런 성대철의 속내를 모르는 연습생들은 난처한 얼굴이 되었다.

'큰일 났다.'

슬쩍 한두 번만 보고 왔을 뿐인데.

자신을 시킬까 싶어, 서재진은 조용히 성대철 선생의 눈을 피했다.

그때였다.

"그… 그게, 조금은 알고 있습니다!"

앞자리에서 튀어나온 한마디에, 성대철 선생이 고개를 돌렸다.

"그럼 다 외운 사람?"

"……"

예상대로 연습실에는 침묵이 감돌았다.

혹시라도 한 명쯤은 있지 않을까 기대했건만.

성대철 선생은 아쉬운 표정으로 고개를 돌렸다.

"뭐, 앞으로라도 더 열심히 하면 되는 거지."

그 순간이었다.

도영의 해맑은 목소리가 연습실을 울렸다.

"여기, 있는데요?"

"응?"

고개를 돌리자, 조용히 손을 흔들고 있는 녀석이 눈에 들어왔다.

그 얼굴을 확인한 성대철 선생은, 곧바로 웃음을 터뜨렸다.

'역시.'

별나긴 정말 별나다.

상준을 돌아본 성대철 선생의 눈빛에서 기대감이 차오르고 있었다.

"한번 나와봐."

"네?"

놀란 눈으로 자신을 올려다보긴 해도, 시키는 대로 곧잘 나온다.

상준은 긴장한 기색으로 성대철 선생의 옆에 섰다.

국내 유명한 안무가의 앞에서 이렇게 주목을 받고 있으니 당황스러웠다.

"자신은 없는데……."

상준은 붉어진 귀를 만지작거리며, 성대철 선생을 물끄러미 바라보았다.

성대철 선생의 과감한 한마디가 입을 열었다.

"보여줘 봐, 센터."

"워후―! 센터! 멋있다아―!"

뒤에서 도영이 또 괴상한 효과음을 넣었다.

'쟤는 무슨 음향감독인가.'

부끄러워 미칠 지경이다.

상준은 속으로 투덜거리면서도, 곧바로 자세를 잡았다.

어제 30번도 넘게 돌려보았던 노래가 흘러나오기 시작했기 때문이었다.

두두둥—.

시작부터 빡센 안무에도 불구하고.

상준은 능숙하게 고개를 젖히며 다음 동작을 이어갔다.

"와."

아까까지 땀을 흘리며 무기력하게 나앉아 있던 연습생들도 고개를 들었다.

안무 영상을 받은 지, 겨우 하루.

아니, 몇 시간도 지나지 않았다.

'새벽 새에 연습한 건가.'

성대철 선생은 놀란 눈으로 상준을 지켜보았다.

순수하게 연습으로 만들어낸 결과물이라 생각한다면 반은 맞고 반은 틀렸다.

사실, 상준은 처음 안무 영상을 보자마자 안무를 숙지해 버렸다.

[1,427번째 재능 '유연한 댄스 머신'이 활성화되어 있습니다.]

한 번만 봐도 안무를 외운다.

간혹 그런 댄스 천재들이 있다고 들었지만, 자신과는 거리가 먼 얘기라고 생각했다.

하지만 저 어마어마한 재능은 그걸 현실로 만들어 버렸다.

'그래도 연습해야지.'

하지만, 재능의 힘에만 의존하기에는 영 불안했던 탓에.

상준은 새벽 내내 연습에 힘을 쏟았다.

덕분에 미묘하게 부족한 부분도 채울 수 있었고.

'더욱이 재능 체화에 필요한 목표량도 많이 달성해 놨지.'

바쁜 스케줄 탓에 목표량에 쏟을 시간은 없었지만.

연습하면서 목표량도 늘다 보니 일석이조였다.

그렇기에 상준은 빠르게 차올라 가는 책 속의 숫자를 보며 뿌듯해했다.

그런 피나는 노력이 이루어낸 결과일까.

완벽에 가까운 상준의 춤을 빤히 올려다보던 서재진의 얼굴이 일그러졌다.

'쟤 뭐야.'

어젯밤에도 호실을 같이 쓰는 YH 연습생들이 험담을 쏟아부었다.

원래 재능 없기로 유명한 녀석이라고.

분명 허점이 있을 거라고.

그런데.

'아니잖아.'

서재진은 입술을 깨물며 상준을 노려보았다.

마음에 들지 않는다.

자신의 자리를 꿰찬 인간이, 저런 녀석이란 게.

'딱 보니 어디서 얼굴 보고 뽑았나 보네.'

첫 만남부터 시비조로 말을 걸었음에도 흔들리지 않는 태도도 언짢았고 저만 맞다는 듯 그럴싸한 논리를 늘어놓는 모습도 마음에 안 들었다.

특이한 곡을 선곡해서 인기를 끈 거라고, 그렇게 믿고 싶었는데.

저렇게 춤마저 잘 추면.

'짜증 나잖아.'

서재진의 주먹이 바르르 떨리고 있었다.

행여 카메라에 잡힐까 봐, 서재진은 떨리는 주먹을 등 뒤로 숨겼다.

그럼에도 표정은 쉽게 관리가 안 된다.

그 순간.

"거기까지."

혼신을 다해 춤을 이어가던 상준을, 성대철 선생이 가로막았다.

이내, 그의 입에서 탄성이 튀어나왔다.

"정말 다 외운 거야?"

"네…… 어느 정도는 그렇습니다."

하.

성대철 선생이 피식 웃음을 터뜨렸다.

의미를 알 수 없는 웃음에, 상준이 놀란 눈을 열심히 굴리고 있었다.

새벽 사이, 고작 몇 시간 만에 안무를 완전히 숙지해 와서 사람들을 놀라게 해놓고는.

정작 자신은 영문을 모르겠다는 표정이다.

안무의 완벽한 숙지까지는 바라지도 않았다.

대략으로라도 전체를 외워 온 사람이 있냐를 물었을 뿐.

그런 의도였는데, 뜻밖에도 이런 거물을 발견해 버렸다.

"이것 참……"

성대철 선생은 턱을 손으로 쓸어내렸다.

그의 의미심장한 눈빛이 상준을 향했다.

'대단한 녀석이 들어왔네.'

　　　　*　　　　*　　　　*

　정신없이 오전 연습을 마치고.

　모처럼 만에 휴식 시간이 주어졌다.

　"자유 시간 드릴 테니, 자유롭게 연락 주고받고 오세요."

　밝은 미소로 제작진이 입을 열었다.

　신입 PD로 보이는 여자의 말에, 상준은 부드럽게 웃으며 고개를 끄덕였다.

　"아, 통화는 스피커폰으로. 알죠?"

　"넵."

　스피커폰이라니, 대강 느낌이 온다.

　'방송용인가.'

　옆에서 열심히 돌아가는 카메라를 힐끗 돌아보고는.

　상준은 납득한다는 얼굴로 휴대전화를 움켜쥐었다.

　"연락이라……."

　뚜르르―.

　잠시 망설이던 상준은 휴대전화를 들어 어디론가 전화를 걸었다.

　한참 동안 대기음이 이어지고, 이내 기계적인 목소리가 상준의 귓가를 울렸다.

　―고객님이 현재 전화를 받을 수 없어 음성사서함으로 연결됩니다.

　삐―.

　짧은 소리와 함께 고요함이 찾아왔다.

　상준은 담담한 표정으로 입을 열었다.

차분한 목소리가 조심스레 흘러나왔다.

"거기는 좀 괜찮아?"

깨어나지 않는 깊은 꿈속에서.

동생은 과연 무슨 생각을 하고 있을까.

상준은 슬픈 미소를 지었다.

수화기 너머에선 아무런 대답이 없었다.

상준은 입술을 깨문 채 힘겹게 말을 토해냈다.

"나 되게 잘하고 있다……?"

―…….

"선생님들이 나 칭찬하셔. 대박이지."

상운이 병실에 누워 있는 동안 늘 연습실에서의 얘기를 들려주던 상준이었다.

설령 그가 듣지 못한다 한들, 데뷔의 가망조차 없는 현실을 그대로 얘기해 줄 수는 없었기에.

상준은 제법 그럴싸하게 지어냈었다.

잘하고 있다고.

다들 데뷔할 거라고 응원해 준다고.

그런데, 지금은 그런 이들이 정말 옆에 있었다.

상준의 눈가에서 눈물이 살짝 차올랐다.

"내가 어떻게 하고 있는지 궁금하지? 근데 제작진이 말하지 말래. 말하면 안 된다네."

―…….

상준은 슬픈 미소를 지으며 말을 이었다.

"그러니까, 빨리 눈 떠서……."

미안한 마음에 목이 메어왔다.

떨리는 목소리가 말을 뱉었다.

"나중에 방송으로 꼭 챙겨 봐라."

상준은 손에 움켜쥔 붉은 책을 내려다보았다.

절망으로 가득한 순간이었지만, 기적처럼 찾아와 준 재능이 아니었다면 여기까지 올 수도 없었을 터였다.

"아, 그리고."

스피커폰인데도 상대의 말 한마디 없이 계속 전화를 하고 있으면 이상하게 보일 게 뻔했다.

이제 전화를 끊어야 할 시간이다.

상준은 미소를 지으며 휴대전화를 든 손을 떨구었다.

떨리는 입술에서 마지막 한마디가 새어 나왔다.

"내일 무대도, 기대하라고."

분명, 최고의 무대가 될 테니까.

*   *   *

"야. 너, 동선 벗어나지 말랬지!"

성대철 선생의 호통이 이어졌다.

A반 연습생 전원이 놀란 눈으로 고개를 돌렸다.

그의 손가락이 가리키는 곳에는, 창백한 얼굴로 질려 있는 연습생이 있었다.

"죄… 죄송합니다."

첫날 소속사 평가 때 본 적 있는 얼굴인데.

상준은 잠시 고민하다가 그의 이름을 떠올렸다.

김하운.

이에스 엔터테인먼트의 3개월 차 연습생이었다.

엔터의 규모도 작은 데다가 연습생 기간도 짧다 보니 유독 위축되어 있는 모습이다.

"자꾸 실수할 거야?"

"아닙니다!"

실력은 다소 부족하지만, 가능성이 보인다는 이유로 A등급을 받았던 연습생이다.

분명 열심히 따라오고 있음에도 퍽 버거운 모양이었다.

상준은 딱한 표정으로 하운을 돌아보았다.

"자, 다시 가자."

성대철 선생이 싸늘하게 말을 뱉었다.

수백 번을 들은 듯한 시그널 송이 다시 흘러나왔다.

"악."

곧바로 이어진 연습에서도, 하운은 똑같은 실수를 반복했다.

빠르게 이어지는 안무에서 자꾸만 스텝이 꼬였던 탓이었다.

성대철 선생의 고함이 이어졌다.

"야! 거기, 집중 안 해?"

"죄… 죄송합니다."

하운의 안색이 완전히 새하얗게 질려 버렸다.

리허설도 마치고, 남은 건 생방송 무대뿐이다.

사소한 실수가 직캠으로 떠돌지도 모르는 생방송 무대다 보니, 성대철 선생이 깐깐히 구는 것도 이해하는 바지만.

'너무 겁먹었잖아.'

3개월 차 연습생이 견딜 수 있는 무게는 아니다.

초조한 얼굴로 그를 돌아보던 상준이 손을 들었다.

성대철 선생의 의아한 눈빛이 상준에게 닿았다.

"제가 알려줘도 될까요?"

남은 시간이 촉박한 데다가.

안무 숙지를 이미 끝마친 상준이라면 더 연습할 필요는 없다.

성대철 선생은 놀란 눈으로 고개를 끄덕였다.

"어, 그래 주면 좋지. 빨리 가서 좀 알려줘."

"네, 알겠습니다!"

구석에 앉은 피디가 눈을 빛내며, 그 장면을 카메라에 담았다.

'그림이네.'

실력 좋고 인지도 있는 연습생이, 겁에 질린 어린 연습생을 도와주는 장면이라니.

피디는 만족스러운 미소를 지으며 상준을 유심히 관찰했다.

그런 부담스러운 시선을 알아채지 못한 상준은, 덤덤한 얼굴로 하운에게 향했다.

하운은 커다란 눈을 끔뻑이며 상준을 멍하니 올려다보았다.

서재진같이 재수 없는 인간이라면 도와줄 생각도 안 했겠지만.

'괜히 내가 떠올라서.'

연습생 초반에는 누구나 실수한다.

심지어 실수했다는 사실에 더 당황해서 버벅대기 일쑤고.

그런 초짜 연습생에게 이런 오디션프로그램은 더욱 부담을 안기게 마련이다.

재능이 있든 없든, 3년간의 연습생 생활을 겪은 상준은 그런 면에서 노련했다.

"어느 부분이 꼬여요?"

"아, 그게……."

하운이 막혔던 안무를 다시 한번 보여주자, 상준이 알겠다는 듯 고개를 끄덕였다.

"여기가 원래 스텝이 좀 복잡해요."

"네……."

상준은 부드러운 미소로 입을 열고는, 하운을 위해 시범을 보였다.

빠르게 하느라 꼬였던 파트를 천천히 보여주며, 하운이 놓치고 있는 안무 포인트를 짚었다.

그런 사소한 디테일.

여러 명이서 함께 진행되는 수업으로는 하운이 짚어내지 못한 부분이었다.

"자, 여기서 꺾어서. 바로 앉았다가 일어서면 돼요."

"아."

창백하게 질렸었던 하운의 얼굴에 생기가 돌았다.

재능 덕분일까.

상준은 사소한 하운의 실수마저 눈에 바로 들어왔다.

"아, 거기서는 오른발과 왼손이 동시에 나가야 하는데."

하운은 거듭 감탄하며 상준의 말을 따랐다.

듣는 족족 빠르게 고치는 걸 보면 확실히 감은 있다.

상준은 뿌듯한 미소를 지으며 땀을 흘리는 하운을 돌아보았다.

"와."

하운이 상기된 목소리로 입을 열었다.

이미 하운의 눈빛에는 알 수 없는 경외감마저 서려 있었다.

"근데 진짜 춤 잘 추시네요, 형."

"하… 하."

누가 자신을 칭찬하는 건 여전히 견디기 힘들다.

크흠.

상준은 슬쩍 시선을 돌리며 다른 쪽으로 화제를 돌렸다.

"아, 혹시……. 잦은 실수 때문에 걱정이시라면, 제가 방법 알려 드릴까요?"

"헉, 그래 주신다면야 저는……."

상준의 한마디에 하운이 두 눈을 반짝였다.

하지만 그의 눈에 가득하던 생기는, 이어진 상준의 말에 순식간에 사그라들었다.

"한 40번 정도만 반복하시면 돼요."

"예……?"

놀란 눈으로 되묻는 하운에게, 상준이 눈을 굴리며 말을 정정했다.

"아……. 한 50번……?"

"…네?"

"그럼 한번 해볼까요?"

남을 가르치는 데 있어선, 지금의 상준은 꽤나 소질이 있는 편이었다.

재능 덕에 얻은 예리한 눈빛과.

성대철 선생처럼 윽박지르지 않는 태도.

다만.

"살… 살려주세요."

"아. 20번 남았는데. 쉬고 다시 할까요?"

"……."

지나친 열정이 문제였다.

"다… 다 했……."

옆에서는 곡소리를 내고 있는데, 상준은 멀쩡한 얼굴로 땀을 훔치고 있었다.

다른 연습생들이 잠깐 쉬러 대기실에 들어갈 때까지, 죽어라 이어진 연습이었다.

하운은 다리를 휘청이며 바닥에 주저앉았다.

"아까 보니까 잘하던데요? 실수 안 할 것 같은데."

"감… 감사합……."

이걸 감사하다고 해야 하나.

하운은 멍한 눈길로 상준을 올려다보았다.

감사하긴 한데……. 뭐랄까.

감사하다는 인사를 무덤가에서 전해줘야 할 듯한 기분이다.

그 순간이었다.

"자, 무대에 오를 준비해 주세요!"

제작진의 명랑한 목소리가, 왠지 멀리서 들려오는 것만 같다.

본능적으로 자리에서 벌떡 일어나려던 하운은.

풀썩.

그 자리에 그대로 주저앉았다.

"어? 왜 그래요?"

"……."

그 뒤로 영문을 모르는 상준의 해맑은 목소리만이, 텅 빈 연습실을 울렸다.

"자, 일어나세요."

"못 할 것 같······."

"아니야. 의지가 부족해서 그래요."

"으어어억."

나긋나긋하게 내뱉는 상준의 한마디가.

'자, 한 세트 더!'

'죽을 것 같아요······.'

'사람은 그렇게 쉽게 안 죽어요. 자!'

'아악······.'

6개월간 잠깐 끊었던 헬스장의 트레이너와 묘하게 비슷하다는 생각을 하며, 하운은 기적적으로 대기실을 향해 기어갔다.

죽을 땐 죽더라도, 무대는 서고 죽어야 했으니까.

*　　　　*　　　　*

닿지 않을 것만 같이 느껴지는 높은 천장.

위에 설치된 각종 조명 기구들을 둘러보며, 상준은 두근대는 심장을 부여잡고 걸었다.

와아아아―.

쏟아붓는 것만 같은 함성 소리가 비현실적으로 크게 들려왔다.

상준은 침을 삼키며 가운데에 자리했다.

리허설도 마쳤고, 연습도 충분히 했다.

그런데도.

쿵쿵.

심장이 귓가에서 뛰는 것만 같았다.

상준은 긴장한 기색이 역력한 하운을 슬쩍 돌아보고, 다시 정면을 향해 시선을 고정했다.

처음으로 서는 음악방송 무대.

"마이픽! 마이픽! 마이픽!"

방청석에서 울려 퍼지는 응원 소리와 함께.

두두둥.

빠른 템포의 드럼 비트가 시작을 열었다.

너와 나

꿈을 향해 달려가

다소 유치하지만 직관적인 가사를.

상준은 빠른 안무를 유지하면서도 침착하게 뱉어냈다.

카메라를 향한 완벽한 시선 처리.

움직이는 카메라까지 다 잡아내는 능숙한 움직임에, 스태프들 쪽에서 감탄이 튀어나왔다.

"대박인데?"

촬영감독은 혀를 내두르며 상준을 바라보았다.

"카메라 따라가는 거 봐. 저 정도면 거의 프로야, 프로."

56명의 연습생들 중에서도 단연 돋보이는 센터.

무거운 센터의 무게를, 상준은 제대로 소화해 내고 있었다.

"마이픽! 마이픽!"

노래에 맞춰 응원을 외치는 수많은 방청객들을 돌아보며.

상준은 새삼 끓어오르는 희열을 느꼈다.

손만 뻗으면 닿을 듯한 수많은 관객들이, 자신을 향해 열광하며 손을 흔들고 있었다.

'보고 있어?'

상준은 허공을 향해 넌지시 물음을 던졌다.

눈부시게 자신을 비추는 조명에, 새하얀 빛 조각이 두 팔 위로 부서졌다.

상준은 힘찬 동작과 함께 행복한 미소를 지었다.

'이대로 멈춰 버렸으면 좋겠지만.'

완벽한 무대는 어느덧 막바지를 향했다.

이제 이 꿈만 같은 순간을 떠나보내야 했다.

떨리는 입술이 마지막 가사를 뱉어내었다.

"기다릴게—."

"닿을 수 있는 꿈을 향해서……."

그리고.

"앵콜! 앵콜! 앵콜!"

상준은 거친 숨을 내뱉으며 정면을 응시했다.

커다란 함성이 온몸의 조직을 깨우는 기분.

상준은 벅차오르는 감정을 주체할 수가 없었다.

"아."

다시 살아나는 기분이다.

저 많은 사람들이, 자신을 주목하고.

이 무대 위에서 내 자신을 보여줄 수 있다는 게.

"와아아아악!"

"꺄아아아—."

꿈과 같은 함성 속에서, 상준은 다짐했다.

이런 무대를 수백 번, 아니, 수천 번을 설 수 있는.

그런 톱스타가 되겠다고.

*　　　　*　　　　*

「'마이픽' 첫 센터는 JS 엔터 나상준, '무게를 견디는 센터 될 것'」

상준은 포털사이트 상단에 뜬 기사를 유심히 확인했다.

벌써 열 번째 읽는 기사였다.

"아, 형 그만 보라니깐."

옆에서 도영이 걱정스러운 눈길로 말을 걸어왔다.

아직까지는 칭찬 일색인 댓글들이지만.

어느 연예인이나 그렇듯 악플은 섞여 있게 마련이다.

그런 사소한 비판마저도 일일이 찾아 읽고 있으니, 걱정스러웠던 탓이다.

"너나 그만 봐라."

하지만, 도영이 그런 충고를 건넬 입장은 아니지 않을까.

아닌 척해도 1시간마다 검색창에 자신의 이름을 쳐보는 도영을, 상준이 모를 리 없었다.

크흠.

도영은 헛기침을 하며 머쓱한 미소를 지어 보였다.

"난 되게 가끔 보거든?"

"뭐래."

상준은 혀를 차며 기사 아래에 달린 댓글들을 확인했다.

─야, 이번 센터 대박이던데.

ㄴ비주얼 센터 아니냐?

ㄴ뭐래, 춤도 잘 추던데.

─그 아리랑 부른 애 아냐?

ㄴ맞음 ㅇㅇ 그 이상한 애

ㄴ난 얘만 판다

ㄴ얘는 진짜 대박이더라. 데뷔 각…….

─하. 이번 무대 보고 쓰러질 뻔했다. 상리랑 좋아하는 사람 접어!

ㄴ허억. 지구가 반으로 접혔자나……?

ㄴ데뷔하자!!! 내 돈 다 가져가!!!!!!!!

ㄴ아 주접들 진짜…….

꿈만 같은 순간은 그렇게 마무리되었지만.

그 순간이 마냥 꿈은 아니었음을 증명해 주는 것이, 이 기사
들이었다.

그렇기에 상준은 한동안 기사에서 손을 떼지 못했다.

'그래도 무대가 나쁘지 않았나 보네.'

상준은 흐뭇한 미소를 지으며 다음 기사를 넘겼다.

그때였다.

"자, 잠시 쉬었다 갈게요!"

우렁찬 피디님의 목소리가 울려 퍼지고.

익숙한 얼굴들이 저 멀리서 돌아오고 있었다.

터벅터벅.

돌아오는 발소리를 들으며.

상준은 기사에 파묻고 있던 고개를 들었다.

"촬영은 잘돼가?"

정신없이 배우들이 오가는 촬영장.

이곳은 「러브 인 하이스쿨」 촬영장이었다.

음악방송 무대 이후, 잠시 휴식 시간이 주어졌다.

그 틈을 타, '마이픽' 멤버들은 짬을 내어 촬영장을 찾았다.

"첫 촬영인데, 죽을 것 같다."

선우는 긴장한 기색이 역력한 얼굴로 고개를 끄덕였다.

대사를 까먹을 뻔했다며, 식은땀을 흘리는 선우다.

그런 선우와는 달리, 제현은 한없이 태연해 보이는 모양새였다.

"제현이는 좀 잘해?"

도영이 궁금한 눈길로 물었다.

저 뚱한 녀석이 연기를 제대로 하긴 할까 싶어서였다.

선우의 대답은 의외였다.

"쟤 연기만 하면 다른 자아가 나오나 봐. 엄청 잘해, 우리 막내."

장하다며 선우가 토닥이는 손길에, 제현은 몸을 숙여 빠져나갔다.

도영은 깔깔거리며 제현을 놀리기 시작했다.

"이야, 연기 천재네. 막내, 연기도 잘해?"

"……."

"크으, 나중에 그 연예… 연예 대상 받는 거 아냐?"

"연기 대상이겠지, 등신아."

두 살이나 어린 제현이 귀여운지 거듭 놀려대던 도영은, 유찬의 타박에 눈을 흘겼다.

하여간 바람 잘 날이 없다며 투덜대던 선우는, 제현에게로 다시 화제를 돌렸다. 뚱하게만 있을 거란 예상과는 달리 촬영장의 분위기 메이커라는 소식이었다.

"선배들이 제현이 순수하다고 엄청 예뻐하셔."

"하, 나도 순수하거든."

질세라 도영이 끼어들었다. 어디나 빠지는 데가 없는 도영이다.

상준은 납득한다는 듯 고개를 끄덕였다.

"그러엄. 도영이는 뇌가 순수하지."

"하, 형까지 이럴 거야?"

믿었던 상준마저 배신이라고 도영이 억울한 눈으로 팔다리를 휘저었지만, 상준은 부드러운 미소를 짓고서 앉아 있을 뿐이었다.

왜냐하면.

'사실이니까.'

도영이 들었다면 한층 더 열받았을 소리였지만.

"내일 다시 마이픽 촬영 들어가지?"

선우가 고개를 돌며 물었다.

저쪽에서 웅성거리는 소리가 들리는 걸 보니, 슬슬 휴식 시간이 끝나는 모양이었다.

눈치를 보며 일어서는 선우를 향해, 상준이 고개를 끄덕였다.

"서재진도 나온다며. 도영이가 그러던데."

서재진이 은근히 시비를 걸어온 것까지도 도영에게 전해 들었는지.

선우의 표정이 걱정으로 가득했다.

상준은 부드러운 미소를 지으며 고개를 저었다.

"뭐, 그래 봤자 딱히 엮일 일도 없고."

이따금 시비를 걸어온다 해도, 프로그램이 끝나면 만날 사이도 아니다. 대기실에서 마주치긴 하지만, 항상 만나는 것도 아니고.

"뭐, 같은 팀만 안 되면 되지."

"야, 그러다가 같은 팀이면 어쩌려고."

선우의 걱정스러운 한마디에.

상준은 어깨를 으쓱이며 말을 뱉었다.

말도 안 된다.

56명이나 되는데.

"에이… 설마, 같은 팀 되겠어?"

＊　　　　＊　　　　＊

또다시 돌아온 '마이픽' 촬영 날.

"여러분!"

강주원의 등장과 동시에, 연습생들은 급하게 강주원을 향해 돌아앉았다.

한창 연습실에 옹기종기 모여 수다를 떨고 있던 참이었다.

불쑥 들어온 터라, 얼떨떨해하던 연습생들은 뒤늦게 박수를 치기 시작했다.

"와아아—!"

하지만, 이어지는 말에서는 차마 박수를 칠 수 없었다.

"자, 오늘 드디어! 첫 번째 경연곡을 정할 겁니다."

"허억."

"이번 경연곡의 결과로, 첫 번째 탈락이 결정될 예정입니다."

"아……."

곳곳에서 탄식이 튀어나왔다.

도영이 긴장한 기색으로 침을 삼켰다.

첫 번째 방송에서 별다른 모습을 보여주지 못한 터라, 도영의 순위는 중간쯤에 머물러 있었다.

몇 명이 탈락할지 모르니, 불안할 수밖에 없다.

강주원은 그런 연습생들을 한번 쓰윽 훑고는 담담하게 입을 열었다.

오랜 방송 경력답게 능숙한 진행이 이어졌다.

"그러면, 한 명씩 나와서 카드를 받아 가시면 됩니다."

"카드 안에 여러분이 커버할 곡의 힌트와, 이번 경연곡을 함께 할 팀원들이 나와 있습니다."

중요한 경연이니만큼, 어떤 팀원들을 만나느냐도 무시할 수 없는 부분이었다..

"잘 걸려야 할 텐데……."

두 손을 모은 채 중얼거리는 도영을 올려다보며, 상준은 고개를 들었다.

한 명씩 차례대로 불려 나가고.

"김하운 연습생."

"나상준 연습생."

곧이어 자신의 이름이 들려오자, 상준은 떨리는 마음으로 카드를 받아 들었다.

'하, 떨리는데.'

새하얀 봉투.

그 속에는 얇은 종이 한 장이 들어 있었다.

"뭐지……?"

종이에 박혀 있는 건 단 하나의 알파벳.

경연곡의 힌트까지 적혀 있다더니만 영 당황스럽다.

상준이 의아한 얼굴로 또 다른 종이가 있나, 봉투를 살필 때였다.

"형, 형! 형은 뭐 나왔어?"

줄 서서 기다리던 도영이 헐레벌떡 달려왔다.

유찬은 그 옆에 서서 빳빳한 종이를 들어 보였다.

"나는 C."

"나는 B야, 형."

"어."

상준은 조심스레 카드를 꺼내 들며, 도영에게 보여주었다.

검은색으로 박혀 있는 알파벳을 확인한 도영의 얼굴이, 순식간에 밝아졌다.

"와아악! 형 나랑 같은 팀이네!"

"아."

혼자서만 다른 팀에 가게 된 유찬은 살짝 울상이었다.

그답지 않게 불안한지, 제자리에서 연신 눈을 굴리던 유찬은

C팀을 부르는 목소리에 걸음을 뗐다.

그리고 도영은.

"B팀이요! B팀! 이쪽으로 모여주세요!"

신이 난 얼굴로 방방 뛰며 입을 열었다.

"야, 좀 조용히."

옆에 있으니 더 부끄럽다.

상준은 한 걸음 뒤로 물러서며 도영과의 거리를 유지했다.

다른 팀의 연습생들은 물론, 강주원까지 고개를 돌릴 사운드다.

그 덕에 팀원들은 금세 이쪽으로 모였지만.

그런데.

"아, 여기서 또 만나네."

어째 얼굴이 익숙하다.

짧은 찰나, 어제의 기억이 상준의 머릿속을 강타했다.

'에이, 설마, 같은 팀 되겠어?

상준은 어릴 적 어른들이 하시던 말을 떠올렸다.

말이 씨가 된다고.

덤으로, 설마가 사람 잡는다고.

'망할.'

옛말에 틀린 거 하나 없다. 이놈의 입을 똑바로 놀렸어야 했다.

속은 차갑게 식어갔지만, 상준은 너털웃음을 터뜨리며 서재진
을 응시했다.

"하하……."

서재진은 입술을 툭 내밀고는 어깨를 으쓱였다.

본인 역시 당황했으면서도 저렇게 태연하게 구는 꼴이 더 마

음에 안 든다.

이쪽으로 돌아가는 카메라에, 상준은 자연스러운 미소를 지어 보였다.

「무대의 포커페이스」.

이러려고 빌린 재능은 아닌데, 이럴 때도 퍽 도움이 되었다.

"반가워요. 센터 후보 때도 한번 만났는데, 이렇게 또 만나네요."

애써 온화한 표정을 유지해 보지만, 그들 사이로 은근한 냉기가 흘렀다. 그들 사이로, 뉴 페이스가 불쑥 끼어들지 않았더라면 표정 관리에 실패할 뻔했다.

"안녕하십니까. 저는 씨에이 엔터의 예성이라고 합니다."

"아, 안녕하세요."

어색한 인사가 이어지고.

미묘한 눈길로 상준을 주시하던 서재진도 한 발 뒤로 물러섰다.

도영은 특유의 해맑은 미소로 뉴 페이스와도 인사를 나누었다.

문제는.

"이여, 재진이. 여기서 또 보네."

둘이 아는 사이였다는 것.

연습생을 무려 6년이나 했던 예성이기에, 서재진과도 안면이 있는 상태였다.

꽤나 친한지 반말을 주고받는 모습에.

뒤쪽에 서 있던 도영의 얼굴이 점점 어두워져 갔다.

그때였다.

"저기요."

뒤쪽에서 멀뚱히 서 있던 한 연습생이, 눈치를 살피며 다가왔다.

"저, 저도. B팀인데요."

"어……?"

유난히 기가 죽어 있는 듯한 익숙한 목소리.

상준은 뒤쪽에서 들려온 목소리에 놀란 눈으로 고개를 돌렸다.

"반갑습니다. 이에스 엔터 김하운이라고 합니다."

하운이 특유의 머쓱한 웃음을 지으며 입을 열었다.

옆에서 계속 열을 올리고 있던 서재진도, 하운의 한마디에 고개를 들었다.

"아, 네. 반가워요."

같은 A반 출신이다 보니, 얼굴이야 아는 사이다.

상준과는 다른 의미로 아는 사이였지만.

'트레이너 쌤……!'

하운은 겁먹은 얼굴로 고개를 들었다.

해맑은 얼굴로 50번만 더 연습하자던, 그 무서운 센터.

함께할 팀원들을 살핀 하운은 긴장한 기색이 되었다.

'대단한 사람들…….'

실수투성이였던 YH 엔터의 무대에서 유일한 존재감을 뽐냈던 서재진.

첫 무대부터 센터로 자리매김해 실시간 1위를 달리고 있는 나상준.

둘 다 첫 방송 이후로 화제성 면에서 독보적인 인물들이다.

그런 이들 앞에 서 있자니, 한층 긴장이 되기 시작했다.

하지만 프로그램에 출연한 이상, 없는 사교성이라도 쥐어짜 내서 잘 지내봐야 했다.

하운은 떨리는 목소리로 조심스레 말을 걸었다.

"잘 부탁드립니다."

"네, 잘해봅시다."

예성이 여유로운 눈짓으로 고개를 끄덕이며 답했다.

확실히 연습생 경력이 많다 보니, 이런 점에서는 능숙했다.

예성은 팀원들을 쓰윽 훑고선 바로 본론으로 들어갔다.

"아, 그래서. 저희는 무슨 곡으로 경연 나가는 거예요?"

상준 역시 의문을 품고 있던 부분이다.

"음. B팀인 거밖에 안 써 있던데."

줄곧 서재진 쪽을 신경 쓰고 있던 도영도 그제야 입을 열었다.

껄끄럽긴 껄끄러워도, 경연곡 무대를 망쳐서는 안 된다.

그건 이 자리에 앉은 상준 역시 공통된 생각이었다.

상준은 적극적인 자세로 나섰다.

"분명 힌트가 있긴 있을 거예요. 봉투 다시 한번 볼까요."

상준은 손에 쥔 새하얀 봉투를 펼쳤다.

알파벳이 새겨진 종이에는 아무런 글씨도 적혀 있지 않았다.

그렇다면 봉투에라도.

"없는데요?"

고개를 열심히 돌려가며 봉투를 살피던 상준은 실망한 표정으로 말을 뱉었다.

그때였다.

툭.

"어?"

봉투를 기울이던 찰나, 조그마한 무언가가 바닥 위로 굴러떨어졌다.

"잠깐만."

새하얀 대리석 바닥 위로 까만 알갱이가 눈에 들어왔다.

상준은 손으로 조심스레 까만 알갱이를 집었다.

그리고.

"검은콩인데요, 이거."

두유 만들어 먹으라고 준 건 아닐 테고.

"이거 먹으라는 걸까요?"

아니, 그런 생각을 하는 사람이 있긴 있구나.

상준은 헛소리를 내뱉는 도영을 놀란 눈으로 바라보았다.

"음, 아닌가."

도영은 머리를 긁적이며 웃음을 터뜨렸다.

하지만, 상준 역시 손에 쥐고 있는 콩의 의미를 알아내지는 못했다.

분명 힌트일 텐데.

"검은콩……. 검은콩이면……."

잠깐만. 검은콩이라고?

그 순간, 한 그룹의 이름이 상준의 머릿속을 스쳤다.

그와 동시에 상준의 안색이 파리하게 질려갔다.

'내 생각이 맞다면.'

도영과 눈이 마주친 상준은, 동시에 한마디를 뱉어냈다.

설마.

"블랙빈……?"

제5장

최고의 경연

"블랙빈이네!"

잠자코 앉아 있던 예성이 고개를 들었다.

블랙빈이라면.

가파른 상승세로 떠오른 신인 아이돌이자, 남자 아이돌 중에서도 인지도가 과연 톱급이라 할 만한 아이돌이다.

거기다가 화려한 퍼포먼스에 노래 한 곡 한 곡이 다 유명곡이다 보니.

'커버할 노래도 많겠네.'

서재진과 예성의 안색이 밝아졌다.

하운 역시 감탄을 내뱉으며 상준을 올려다보았다.

"저 블랙빈 완전 팬인데. 와."

"아."

상준은 어색한 미소를 지으며 고개를 끄덕였다.

다들 만족하고 있는 이 상황에서, 상준은 맘 편히 웃을 수가 없었다.

굳어 있는 상준과는 달리, 옆에 앉아 있던 예성은 도영을 힐끗 돌아보았다.

"블랙빈이면 이쪽이 가장 잘 알지 않나?"

예성의 한마디에 도영이 어색한 웃음을 흘렸다.

"기사에서 봤는데."

확인 사살을 시키는 예성의 말에 도영은 머리를 긁적이며 동조했다.

"뭐, 제가 그렇긴 하죠."

"오, 왜요?"

영문을 모르는 하운이 묻자, 예성이 말을 툭 던졌다.

"차은수 아시죠? 블랙빈 리더."

"…어!"

"도영 씨 형이거든요."

상준도 처음 듣는 소리였다.

상준이 놀란 눈으로 고개를 돌리자, 도영이 대답 없이 고개를 끄덕였다.

'어차피 숨길 수 있는 얘기는 아니니까.'

실제로 JS 엔터에서도 방송 좀 타보라며 둘이 전화하는 장면을 담아 가기도 했었다. 실제 기사가 나가기도 했었고.

상준은 아직 그 기사를 보진 못한 상태였지만.

"아. 그랬구나……."

이런 인연이 있을 줄은 몰랐는데.

상준은 턱을 손으로 쓸어내리며, 이어지는 도영의 말을 흘려 들었다.

"…제가 형한테 커버곡 추천 한번 받아볼까요?"

"어, 그러면 좋죠."

"와, 대박이다."

하운은 연예인이라도 본 듯, 반짝이는 눈으로 도영을 바라보고 있었고.

서재진도 괜찮은 의견이라는 듯 고개를 끄덕였다.

오직 상준만이 평상시와 달리 멍한 눈빛이었다.

"형?"

도영은 상준의 어깨를 슬쩍 치며 말을 걸었다.

"형도 블랙빈 알지?"

"어, 알지."

힘겨운 목소리가 튀어나왔다.

"아주… 잘 알지. 실제로도."

"정말? 형도 블랙빈 멤버들 중에 아는 사람 있어?"

도영이 놀란 눈으로 고개를 들었다.

그의 한마디에, 다른 팀원들의 시선이 이번에는 상준의 쪽으로 쏠렸다.

상준은 피식 웃음을 터뜨리며 고개를 끄덕였다.

"형은 누구 아는데? 연습생 때 만난 거야?"

"……"

도영이 블랙빈 멤버들의 이름을 차례로 입에 올리기 시작했다.

"우리 형이랑 알아? 아니면 찬? 레이? 강원?"

상준은 대답 없이 고개를 저었다.

알긴 알지만, 지금 상준에게 떠오르는 사람은 한 사람뿐이다.

도영이 의아한 얼굴로 손가락을 꼽았다.

블랙빈의 멤버는 이렇게 네 명뿐인데…….

그 순간.

상준의 폭탄 같은 한마디가 던져졌다.

"나상운."

"어……? 아!"

그제야 사태를 파악한 도영이 두 눈을 끔뻑였다.

상준의 이름을 보니 대략 감이 잡혀서였다.

"하하…….''

"아……."

순식간에 얼어붙은 공기 속에서 그 어느 누구도 쉽사리 입을 열지 못했다.

블랙빈의 강력한 데뷔 조로 꼽혔던 상운.

'사고만 없었다면 분명 데뷔했을 텐데.'

정식 멤버는 아니긴 했지만, 오디션 프로를 통해 이미 인지도가 있었던 상운이었기에 다들 그 이름을 잊지 않고 있었다.

이러라고 한 대답은 아닌데.

싸늘해진 공기를 녹이고자, 상준이 화제를 돌렸다.

"자아, 무슨 커버곡 할지 정해볼까요?"

"어우, 물론이죠. 뭐가 좋으려나. 제가 한번 적극적으로! 고민해 보도록 하겠습니다."

도영이 즉각적으로 반응하고 나섰다.

방금 전의 아찔한 상황 탓인지 미세하게 떨려오는 눈꺼풀을 간신히 들어 올리고는.

도영은 열띤 토론을 이어갔다.

"커버할 곡들 몇 개 떠오르는데. 우선 적어볼까요?"

상준은 담담한 얼굴로 말을 건네면서도, 껄끄러운 느낌을 지울 수 없었다.

상준은 카메라를 슬쩍 살피며 날카로운 신경을 곤두세웠다.

블랙빈 멤버의 동생인 도영도 그렇고.

자신까지.

설마.

'일부러 넣은 건가?'

*　　　　　*　　　　　*

이 PD에 대한 소문이 그다지 좋지는 않았다.

'마이픽' 이전에도 오디션 프로를 몇 번 진행했던 피디인데.

그때도.

'악마의 편집에 감성팔이까지.'

인터넷을 발칵 뒤집어놓은 경력이 있었다.

사실 대강 자료 확인만 해도, 가족관계 정도야 충분히 알 법했기에 상준은 의심을 거둘 수 없었다.

아무리 자극적인 방송을 만들고 싶어도.

넘어도 되는 선이 있고, 그렇지 않은 선이 있다.

동의 하나 없이 그림을 위해 출연자를 팔아치우는 듯한 느낌이 들어, 상준은 영 껄끄러웠다.

"형?"

"아."

생각에 잠겨 있던 상준을 도영이 깨웠다.

그런 상준을 쓰윽 훑어보던 서재진이 시비를 걸어왔다.

"집중 좀 합시다."

"아, 네."

상준은 부드러운 미소를 유지한 채 고개를 끄덕였다.

상준의 측면에 설치되어 있는 카메라가 눈에 들어왔다.

'카메라 분간 못 하고 날뛰는 건 초짜나 하는 짓이지.'

짧은 판단을 마친 그의 얼굴은 평온, 그 자체였다.

어떠한 시비에도 동요하지 않는 상준이 더욱 마음에 들지 않는지.

서재진은 한층 더 땡깡을 부리기 시작했다.

"그래서 저희 무슨 곡으로 할 거죠? 의견 있어요?"

상준을 정확히 향한 물음에, 상준은 담담한 얼굴로 고개를 끄덕였다.

전반적으로 보컬 라인이 강한 연습생들이다.

특히 하운은, 춤에는 영 약했고.

그러면 음색이 두드러지는 보컬곡을 하는 게 낫다.

"미드나잇 판타지요."

"아, 그 노래, 좋죠!"

하운이 곧바로 찬성을 하고 나섰음에도, 서재진은 인상을 찌푸리며 고개를 저었다.

"너무 잔잔하잖아요."

도영은 싸늘한 표정으로 서재진을 응시했다.

도영의 입에서 퉁명스러운 한마디가 튀어나왔다.

"음. 그러면, 무슨 노래 하고 싶으신데요?"

"블랙빈하면 러브 포이즌이죠. 강렬한 퍼포먼스에, 대표곡이기도 하고."

서재진이 어깨를 으쓱이며 말을 던졌다.

러브 포이즌이라.

안무가 빡센 편인 블랙빈의 노래 중에서도 단연 최고의 난이도였다.

"전 할 수 있긴 한데."

상준은 객관적으로 상황을 파악했다.

입만 살아 있는 서재진은 무조건 아웃.

아무리 그가 어느 정도 춤을 춘다 해도 이 노래는 조금 무리다.

3개월 차 연습생인 하운 역시 능력이 안 되고.

예성의 실력은 아직 본 적이 없지만, 보컬 주력인 도영도 안 되는 건 매한가지다.

하운이 의아한 눈길로 서재진에게 물었다.

"그거… 어렵지 않아요?"

"아. 하나도 안 어려워요. 연습하면 할 수 있거든요."

서재진이 급기야 무리수를 던졌다.

1절도 똑바로 못 끝내고 허덕일 게 눈에 보이는데.

"연습하면 충분히 할 수 있어요."

"뭐, 그건 그렇지."

가만히 있던 예성이 말을 얹었다.

서재진과 친한 사이다 보니 은근히 편을 들어주는 모양인데.

둘이서 저러는 모습을 보니 한심하기 짝이 없다.

상준은 속으로 조소를 머금은 채 되물었다.

"아, 그래요?"

서재진의 의도를 뻔히 알 것 같았다.

안 될 거라는 걸 알면서도 밀어붙였을 때의 반응이 궁금한 모양이었다.

어차피 뭐라 하든 사사건건 시비를 걸어올 테니.

상준은 알았다는 듯이 고개를 끄덕였다.

"그럼 합시다. 멋진 곡인데."

"음?"

서재진의 두 눈이 번뜩 떠졌다.

"하자고요? 러브 포이즌을?"

"하고 싶은 거 아니었어요?"

상준이 묻는 말에 서재진의 말문이 턱 막혔다.

빤히 자신을 바라보는 상준의 눈길에서, 그제야 함정에 빠졌다는 걸 알아챘지만.

이미 때는 늦었다.

"러브 포이즌으로 하죠. 다들 연습해 옵시다. 도영이도 찬성?"

"어, 나는 완전 좋지. 아주 죽여줘."

도영 역시 엄지손가락을 치켜들며 피식 웃음을 터뜨렸다.

그의 눈빛에서 비웃음을 읽은 서재진의 얼굴이 달아올랐다.

'멍청하긴.'

후회해도 이미 엎질러진 물이었다.

*　　　　*　　　　*

"어차피 저러고 있다가 나가리 될 거 뻔하지 않아?"

"그렇겠지."

"난 그래서 형 편 들었다 이거야."

도영이 깔깔거리며 휴대전화를 들었다.

잔뜩 일그러진 서재진의 얼굴을 보고선 잔뜩 신난 모양이었다.

"아, 우리 형이 그러는데. 러브 포이즌 하면 죽는대."

"살긴 살어."

"그건 형 같은 괴물 얘기고. 나머지는 안무 시작과 동시에 나가떨어질걸."

도영의 상기된 목소리로 조잘대자, 잠자코 있던 유찬도 한마디 덧붙였다.

"어려운 곡이지."

"내 말이."

유찬은 자기 팀의 곡을 숙지하는 데에 여념이 없어 보였지만, 서재진의 일이라니 나름 신경은 쓰이는 모양이었다.

"그 인간 또라이 짓, 더 얘기해 봐."

유찬이 고개를 돌려 관심을 보일 때였다.

벌컥.

거칠게 문을 여는 소리가 울려 퍼졌다.

이마가 훤히 보이게 앞머리를 올린 노랑머리가, 잔뜩 흥분한 상태로 들어왔다.

서재진이었다.

"너, 미쳤어?"

"뭐가요."

상준은 담담한 표정으로 고개를 돌렸다.

"러브 포이즌 미친 짓인 거 알잖아? 그걸 덜컥 하자고……."

"그쪽이 추천한 거 아니에요?"

상준의 한마디에, 서재진은 머리를 쥐어뜯었다.

틀린 말이 하나도 없는데, 그게 더 짜증 나서 미칠 지경이다.

반대하고 나올 줄 알았더니만, 저렇게 곧바로 승낙한다는 게 이해가 가지 않았고.

여기는 대기실이다.

카메라 앞에서는 차마 뱉어내지 못했던 말을, 서재진은 속사포로 쏟아냈다.

"이거 경연이야. 자존심을 내세울 게 아니라고."

"……."

"하, 됐다. 아까 일은 그냥 없었던 일로 무르자."

이제 와서?

줄곧 평정심을 유지하고 있던 상준의 이성이 끊어졌다.

「강인한 멘탈」 재능이 있었다면 좋았겠지만.

지금은 댄스 재능을 체화하기에 바빠 대여할 여력이 없었다.

"하."

상준의 떨리는 목소리가 입을 열었다.

예의를 차리는 건 여기까지다.

아까와는 달리 반말이 튀어나왔다.

"그래, 경연이지. 자존심 싸움이 아니라. 그걸 누구보다 잘 아는 애가 그런 뻘짓을 해?"

"뭐? 뻘짓?"

서재진이 인상을 쓰며 맞받아쳤다.

그러거나 말거나.

상준은 싸늘한 목소리로 말을 이었다.

"대체 뭐 때문에 나한테 이러는지는 모르겠지만. 사적인 감정을 여기에 끌고 온 거부터가 너는 한심한 인간이야."

"……"

"나는 분명 최선의 대안을 제시했고. 거절한 건 너야."

"야, 미쳤어?"

서재진이 양팔을 허리에 올린 채 악을 썼다.

상준은 여전히 담담한 얼굴로 그를 바라볼 뿐이었다.

"왜 두려워? 나는 러브 포이즌으로 해도 상관없어."

"야, 너도 러브 포이즌은 못 할 거 아냐!"

센터로서 상준이 무대를 뛰는 모습을 봤음에도.

서재진은 애써 그 사실을 부정하고 싶었다.

안 그러면 너무 비참해지니까.

'내 자리를 뺏은 인간.'

그것이 서재진이 상준을 바라보는 시선이었다.

그래서 처음부터 마음에 들지 않았다.

혼자만의 열등감이라는 걸 알면서도, 멈출 수가 없었다.

자존심을 굽히지 못하고 있는 서재진에게, 상준이 혀를 차며 말을 뱉었다.

"못 하는 건 너겠지. 이미 스스로도 알고 있지 않아? 그렇게 단정 짓고 여기까지 찾아온 거 아닌가?"

"하, 못 하는 게 아니라……."

"그 정도의 자신감도 없이 그런 객기를 부렸어?"

서재진의 눈꺼풀이 미세하게 떨렸다.

가만히 서서 주먹을 떨던 서재진은 충혈된 눈으로 침을 삼켰다.

한참 동안 아무 말도 못 하고 서 있던 서재진은, 마침내 악에 받친 목소리를 뱉어냈다.

"두고 봐."

그 한마디만을 남기고.

쾅.

서재진은 대기실 문을 나섰다.

*   *   *

이 PD는 영상을 돌려 보며 만족스러운 미소를 지었다.

그가 이렇게 미소를 지을 때는.

마음에 맞는 그림이 나왔거나, 소속사로부터 짭짤한 대가를 받았을 때.

이 두 가지 경우밖에 없었다.

신입 PD는 긴장한 눈길로 이 PD를 바라보았다.

"이 영상 쓰시게요……?"

"그럼, 최고구만. 이 그림을 왜 버려."

화면 속에선 서재진이 우는 모습이 그려지고 있었다.

—갑자기 강요를 하면서……. 그러는 거예요…….

제작진에게 할 말이 있다며 의사를 전해온 서재진은, 그럴싸한 그림을 들고선 찾아왔다.

"그러니까. 나상준이랑 자기랑 의견 충돌이 있었고. 여론 몰이를 했다, 이거네."

"허어, 요즘 애들 무섭네요."

신입 PD가 혀를 차며 덧붙이자, 이 PD는 너털웃음을 터뜨렸다.

"지난주 온라인 투표 1위가 누구였는지 알아?"

"쟤 아녜요? 나상준."

"그래. 걔였지."

이 PD는 혀를 차며 화면을 바라보았다.

두 번째 화면 속에선, 상준이 하운을 열심히 챙기고 있는 장면이 그려지고 있었다.

"저건 버리고. 이거 넣어버려."

"네?"

"견제해야지. 저렇게 치고 가면 안 되잖아."

이 PD는 이미 YH로부터 돈을 두둑하게 받아버린 뒤였다.

무슨 빽이 있는지까지는 알 길이 없지만.

서재진을 1등으로 만들어놓으라는 압박까지 받은 상태였다.

고로, 시시때때로 서재진의 자리를 위협하는 상준은 눈엣가시였다.

"근데 아무리 봐도. 방송에선 서재진 연습생이 시비 건 거 같은데요?"

신인 PD가 의아한 눈길로 묻자, 이 PD가 답답하다는 듯 말을 뱉었다.

"하, 아직도 몰라?"

"네?"

신입 PD가 멍한 눈으로 고개를 갸우뚱해 보였다.

방송국 물을 먹은 지는 얼마 되지 않은 터라, 확실하게 감이 오는 건 아니었지만.

'뭔가 좀 이상한데.'

이루 말할 수 없는 껄끄러운 느낌을 감지한 탓이었다.

이 PD는 신입 PD의 어깨를 툭툭 치며, 말 같지도 않은 설교를 늘어놓았다.

"그게 편집의 힘이라는 거야. 못 할 게 뭐가 있어?"

"하하……. 예……."

"그림만 잘 들어가면 돼. 서재진 인터뷰 슬쩍 끼워놓고."

양심과 도덕이라는 건 진작에 팔아 치운 듯한 멘트였다.

신입 PD는 속으로 혀를 찼지만, 그 역시 시키는 대로 할 수밖에 없었다.

인성을 말아먹은 인간이지만.

그만큼 든든한 빽을 가진 인간이기도 하니까.

'쓰레기 같은 놈.'

신입 PD는 속으로 욕을 뱉으며, 입가엔 미소를 띠웠다.

이 PD는 거기에다가 한마디 말을 더 거들었다.

"명심해. 무슨 일이 있어도 나상준 걔는 적당히 띄워. 딱 화제성 용도로만. 알았어?"

듣기만 해도 기가 막히는 소리다만.

이 PD는 여유롭게 콧노래를 부르며 다시 화면을 돌리기 시작했다.

열심히 센터에서 춤을 추고 있는 나상준과, 나상운의 사고 뉴스를 나란히 띄워두고.

이 PD는 뻔뻔하게 커피를 홀짝이기 시작했다.

하지만.

그 역시 한 가지 사실은 까맣게 몰랐을 터였다.

"돌았네……"

또 하나의 인영이, 열린 문틈 사이로

그들의 말을 전부 들었으리라고는.

"하."

까만 그림자는 짧은 탄식과 함께, 복도를 미끄러지듯 빠져나왔다.

*   *   *

일렉트로니카의 빠른 리듬이 몸을 깨운다.

지치지도 않는 눈빛으로 상준은 멜로디에 몸을 실었다.

거친 숨소리만이 연습실에 가득 찼다.

"헉… 허억."

무슨 생각에서인지 서재진은 다음 날 꼬리를 내렸고.

경연곡은 상준의 의견대로 '미드나잇 판타지'로 결론이 났다.

'미드나잇 판타지'는 보컬이 강조된 곡이기에 부드러운 안무만으로도 충분하다.

하지만, 상준이 이렇게 댄스에 열을 쏟는 이유는 따로 있었다.

띠링.

[1,427번째 재능 '유연한 댄스 머신'을 체화하셨습니다.]

"와."

땀이 줄줄 흐르는 이마를 옷소매로 닦으며, 상준은 행복한 미소를 지었다.

첫 재능과는 비교도 안 될 정도로 체화하는 데에 많은 노력이 필요했다.

무려 20만 초. 그 시간을 온전히 댄스에만 몰입했다.

그 덕에 간신히「유연한 댄스 머신」을 얻어냈으니.

'당분간은 한걱정 덜겠네.'

상준은 속으로 중얼거리며 생각을 정리했다.

그다음으로 대여할 재능은 이미 정해둔 상태였다.

상준은 미소를 지으며 눈앞에 뜬 메시지를 수락했다.

[347번째 재능 '위대한 언변술'을 대출하시겠습니까?]

투욱.

허공에서 책 한 권이 튀어나왔다.

「위대한 언변술」

―입문자편.

―사람들이 당신의 말에 감화될 것이며, 막힘없이 언변술을 활용할
수 있다.

―설득력 부가 효과 45%

―?: 0/100,000

"나이스."

금빛의 책을 손으로 쓸어내리며, 작게 중얼거릴 때였다.

상준의 뒤로 인기척이 느껴졌다.

"아악! 야, 깜짝 놀랐잖아."

말 한마디 없이 불쑥 다가와 등 뒤에 선 이는.

다름 아닌 유찬이었다.

저도 모르게 외마디 비명을 내지른 상준은, 싸늘한 유찬의 얼
굴을 보고선 얼어붙었다.

'설마. 본 건가……?'

허공에서 느닷없이 책이 튀어나왔으니, 일반인이라면 까무러
칠 광경이었다.

그러나 유찬의 눈길은 상준이 들고 있는 책으로는 향하지 않았다.

'안 보이는 건가.'

상준이 안도하고 있을 무렵, 유찬이 싸늘하게 말을 뱉었다.

"등신이냐?"

이건 또 무슨 상황이란 말인가.

상준의 표정이 일그러졌다.

황당함이 가득 담긴 한마디가 튀어나왔다.

"다짜고짜……?"

유찬은 고개를 끄덕이며 말을 뱉었다.

"하는 짓이 등신 같아서."

하.

상준은 헛웃음을 터뜨리며 유찬을 향해 말을 던졌다.

"야, 화낼 때는 그렇게 훅 들어오지 말고. 육하원칙으로 화내주면 안될까. 네가 언제, 어디서, 무엇 때문에 어떻게, 아니, 왜 빠졌는지는 설명을 해줘야 할 거 아냐."

"……."

"왜 빠졌는데?"

언변술의 효과 덕일까.

상준의 한마디에 유찬은 굳게 입을 다물었다.

말문을 열지 못하는 유찬을 슬쩍 돌아본 상준은 어이없다는 듯 웃음을 흘렸다.

싱겁기는.

또 이유 없이 저렇게 구는 거라고 판단한 상준은 고개를 돌렸다.

그 순간이었다.

"서재진 그 자식이 사고 친 거 같더라."

"어……?"

상준은 어제 봤던 서재진의 뒷모습을 떠올렸다.

두고 보라며 헛소리를 늘어놓던 모습.

뭔가 사고를 칠 것 같긴 했다만.

무슨 바람이 불어 그냥 꼬리를 내렸나 했더니.

"울고불고 난리 치면서 영상 찍었다던데. 피디님이 그걸로 악편 한다고 그러더라고."

"뭐?"

상준은 머리를 잠시 짚으며, 고개를 들었다.

악마의 편집이라.

이 PD는 그러고도 남을 사람이었다.

유찬은 담담하게 한마디를 던졌다.

"내가 싸가지가 없는 건 맞는데, 의리까지 쌈 싸 먹은 인간은 아니라서."

"고맙다. 아니, 고맙다는 인사는 나중에 할게."

"어?"

머릿속으로 계산을 마친 상준의 눈이 냉정하게 바뀌었다.

한심해 보여서 내건 충고에 앙심을 품고 덤비다니.

이번엔 상준도 그냥 넘어갈 생각이 없었다.

"준비하자."

"뭘?"

유찬은 놀란 눈으로 되물었다.

그쪽에서 악편을 시도한다면 그러지 못하게 명분을 만들면 된다.

상준은 두 눈을 반짝이며 황급히 가방을 뒤지기 시작했다.

커다란 캐리어 안에 수북이 들어 있는 옷가지들을 치워내고.

"찾았다."

"뭐 하는 건데?"

갑자기 정신없이 짐을 뒤지고 있으니 유찬으로선 답답할 따름이다.

유찬이 의아한 눈길로 재촉하자, 상준은 새하얀 삼각대를 꺼내 들었다.

"마이캠."

"아……?"

유찬은 놀란 눈으로 상준을 돌아보았다.

마이캠이라면, 소속사별로 준비하는 라이브 방송이다.

팬들과 소통하기 위한 방식이다 보니, 편집본이 '마이픽'의 채널에 올라가기도 했다.

하지만 기본적으로.

'라이브 방송이니까. 못 건드리지.'

그 자리에 있었던 팬들이 증인이니까.

상준의 의도를 알아챈 유찬이 고개를 끄덕였다.

"괜찮네."

상준의 눈빛과 유찬의 눈빛이 서로 교차한 순간.

둘은 동시에 한마디를 내뱉었다.

"바로 시작하자고."

*   *   *

그리고.

"후, 여러분, 도영이는 여러분의 사랑이 필요해요. 투표 많이많이 해주실 거져?"

맙소사.

내 동료의 비즈니스를 보는 건, 결코 쉬운 일이 아니다.

상준은 충격을 감추지 못하며 도영을 돌아보았다.

이러라고 켠 라이브가 아닐 텐데.

"투두둥. 제 하트를 받아주시죠!"

허공을 향해 과감하게 하트를 날려대는 뒷모습과.

실시간 채팅으로 쏟아지는 반응들.

상준은 도영을 '마이캠'에 부른 것을, 진심으로 후회했다.

―꺅! 도영아, 나도 사랑해!!!!

―저 오늘 생일인데 이름 불러주세요!!

―도영아, 숨이 안 쉬어져……. 이곳이 천국인 걸까……?

"……."

댓글창은 폭발적으로 터져 나갔지만.

유감스럽게도.

상준과 유찬의 한계는 여기까지였다.

유찬이 싸늘한 얼굴로 입을 열었다.

"아, 오늘따라 속이 별로 안 좋네요."

상준도 절실히 공감하는 바였다.

애써 참아보려 해도 자꾸만 흘러나오는 식은땀을 훔치며, 상준은 도영에게 눈치를 주었다.

이젠 정말 본론으로 들어가야 했다.

짝짝.

손뼉을 두어 번 친 상준은 조심스레 입을 열었다.

"아, 요즘 저희가 여러분 보여 드릴 경연곡을 정말, 열심히 준비하고 있거든요."

상준이 미소를 지은 채 입을 열었다.

셋 중에서도 단연 인지도가 높은 상준이다.

마이캠을 찾은 팬들 대부분이 상준의 팬이었기에, 댓글창은 쉴 새 없이 내려갔다.

이들 모두가 증인이다.

상준은 갑자기 심각해진 얼굴로 걱정을 늘어놓기 시작했다.

"사실, 저희가 경연곡 정하는 게 어렵더라고요. 다름이 아니라……."

상준은 두 개의 곡 중에 고민했었던 상황이라며, 간단하게 말문을 열었다.

이 PD가 어떤 방식으로 악편을 하고 나올 줄 모르니, 대비하기 위해서였다.

겉으로 보기에는 평범해 보이는 내용이지만.

"와."

빨려 들어갈 정도로 묘하게 힘이 실린 목소리에, 도영은 저도 모르게 고개를 끄덕였다.

'저 형은 약도 잘 팔 거 같아…….'

상준의 얘기를 듣고 있자니 우여곡절 끝에 아름다운 결실을 맺은 성공 스토리가 따로 없었다.

다소 의견 충돌이 있었지만 잘 마무리되었다는 식으로, 상준이 얘기를 끝마칠 때였다.

"…흑."

음?

갑자기 훌쩍이는 소리에, 상준이 놀란 눈으로 고개를 들었다.

감동받은 눈으로 상준의 역경 스토리를 경청하던 도영의 눈길도 유찬에게 향했다.

"어흑……. 사실, 형을 보면 너무 안타까워서……."

내가 지금 뭘 보고 있는 걸까.

상준은 어리둥절한 얼굴로 카메라를 돌아보았다.

갑작스럽게 눈물을 흘리는 유찬에, 당황한 건 도영도 마찬가지였다.

"너… 왜……."

상준이 알기로도 유찬은 그다지 감성적인 성격이 아니었다.

본인이 이런 일을 겪었다고 해도 욕을 했으면 했지, 울먹일 사람은 아니니까.

"형이… 저희 첫 무대 준비할 때도 정말 고생을 많이 했거든요. 그래서……. 어흑……."

묘하게 인위적으로 떨리는 어깨를 바라보며.

상준은 유찬의 연기력에 감탄했다.

어릴 적에 아역배우를 잠깐 한 경력이 있다고 들었지만.

'이럴 때 쓰라고 있는 재능이 아닐 텐데.'

상준의 언변술도 언변술이었지만.

'얘는 드라마를 찍나.'

뭔가 어설픈 감이 있어 보이는 연기로, 유찬은 눈물을 훔쳤다.

상준의 눈엔 다소 당황스러웠지만 팬들은 이미 넋을 놓아버렸다.

상준의 언변술에, 유찬의 눈물연기까지.

그야말로 연속 크리티컬이 따로 없었다.

"후우."

그렇게 쏟아지는 댓글들 속에 첫 '마이캠'을 끝내고.

유찬은 눈가에 맺힌 눈물을 쓰윽 닦으며 일어났다.

"야, 갑자기 왜 운 거야."

도영이 걱정스러운 눈빛으로 묻는 말에.

유찬은 성가시다는 듯 상준을 향해 말했다.

"형."

"어, 그래."

눈앞에 미래의 연기 대상 후보가 보인다.

상준은 진지하게 감격한 얼굴로 유찬을 올려다보았다.

상준의 유연한 설명도 충분히 도움은 되었겠지만, 제3자인 유찬이 끼어들어 주는 편이 이미지를 위해서는 훨씬 나았다.

상준은 부드러운 목소리로 입을 열었다.

"고맙다는 인사는 지금 하는 걸로."

상준이 입을 열자마자, 유찬이 고개를 저었다.

"아니지."

"응?"

의아한 상준의 시선이 닿자마자 유찬은 그답지 않게 뿌듯한 얼굴로 받아쳤다.

"고맙다는 인사는 지갑으로 하는 걸로."

"……."

해맑고도 뻔뻔한 태도.

"참고로 나는 무한 리필. 알지?"

"아… 아?"

떨떠름한 표정으로 자신을 바라보는 상준을 지나쳐.

유찬은 유유히 대기실을 떴다.

＊　　　＊　　　＊

쾅.

이 PD가 분노에 찬 얼굴로 책상을 세게 내려쳤다.

"뭐? 라이브를 해?"

신입 PD는 겁에 질린 눈으로 고개를 끄덕였다.

이 PD의 핏발 서린 눈이 신입 PD를 노려보았다.

저도 모르게 어깨를 움츠린 신입이 떨리는 목소리로 입을 열었다.

"어떻게 할까요? 그냥 이대로……."

"미쳤어? 이미 다 상황 설명을 해버렸는데?"

사람들이 궁금해하긴 하니 삭제해 버릴 수도 없고.

원래 계획처럼 악마의 편집을 대놓고 할 수는 없으니.

이 PD 입장에선 계획이 완전히 틀어진 셈이었다.

짜증 섞인 얼굴로 머리를 헝클어뜨리던 이 PD는 애꿎은 볼펜을 저 멀리 집어 던졌다.

툭.

벽을 맞고 튕겨 나간 볼펜을 노려보며.

이 PD는 싸늘한 목소리로 입을 열었다.

"대충 암시만 하고 끝내."

"네?"

어차피 서재진 위주로 끌어줘야 하니.

이렇게 된 이상 노선을 틀어야 했다.

대충 갈등이 있었지만, 적당한 선에서 마무리되었다.

그렇게만 암시해도 충분하니까.

"제길."

시청률, 오직 그거 하나만 나오면 된다.

신입은 광기에 찬 듯한 이 PD를 바라보며 몸을 떨었다.

그가 속으로 무슨 그림을 그리든.

신입은 그대로 따르는 입장이었다.

그의 손에 누군가의 인생이 달려 있을지도 모르는데.

이 PD는 일말의 가책조차 느끼지 않는 태도였다.

뻔뻔하게 고개를 든 이 PD는 고개를 돌려 말을 던졌다.

"아, 그리고."

"네."

이 PD의 시선이 화면 속의 상준을 향했다.

상준의 그럴싸한 상황 설명에 듣고 있던 이 PD마저도 순간 고개를 끄덕일 뻔했다.

'뭐 하는 놈이야, 저거.'

이 PD는 화면에 나오는 상준을 지그시 노려보았다.

돈까지 받아놨으니 서재진을 대폭 밀어줘야 하는데.

'쓸데없이 잘한단 말이지.'

계획에도 없던 녀석이 너무 잘나간다.

실수하는 장면으로 악마의 편집을 하려 해도, 실수도 하질 않으니.

완벽한 춤 실력에 보컬까지 갖췄다.

"어후."

이 PD는 한숨과 함께 머리를 쥐어뜯었다.

가만히 놔둬도 인기가 식을 생각을 안 하니, 머리가 아프다.

꼴 보기도 싫다는 듯 잠시 혀를 차던 그는, 신입을 향해 싸늘하게 말을 뱉었다.

"나상준, 저거는 방송 분량 팍 줄여 버려. 오늘 이후로."

"아, 네! 알겠습니다!"

아예 분량을 없애 버려서 순위를 떨어뜨리겠다는 계획이었다.

하지만.

세상 모든 게 자신의 장난질로 바뀌지는 않는다는 걸.

"이게 무슨 개소리냐고!"

"……."

"네가 한번 말해봐. 왜 여론이 이따위로 나온 건지!"

편집의 힘을 맹신한 이 PD는 알아채지 못했다.

*　　　　*　　　　*

"자, 이건 리얼리티 예능프로그램이고, 이건 새로 나온 잡지 화보 건인데……."

조승현 실장은 쉴 새 없이 종이 뭉치들을 상준에게 건넸다.

상준은 묵직한 서류를 받아 들고선 열심히 고개를 끄덕였다.

이름 있는 잡지 회사에서도 연락이 쏟아진 데다가.

"광고까지……."

상준은 넋이 나간 얼굴로 서류들을 살폈다.

양손에 들기도 버거울 정도의 이 자료들이 모두.

상준이 제안받은 일들이다.

"거봐, 내가 말했잖아. 너는 될 놈이라니깐."

조승현 실장은 오늘따라 기분이 좋아 보였다.

한껏 상기된 얼굴로 웃음을 터뜨린 조 실장이 상준의 어깨를 툭툭 쳤다.

상준은 부드러운 미소를 지은 채 입을 열었다.

"감사합니다."

지난주 방송이 나오고 나서.

이 PD는 악마의 편집으로 욕이란 욕은 다 들어먹었다.

나름 암시만 한다고 끝낸 게, 상준의 해명과 맞물려 한층 더 큰 이슈가 되었으니.

"하여간. 이 피디, 그 인간."

도영은 거듭 흥분한 얼굴로 말을 뱉었다.

드라마 촬영 스케줄이 없던 터라, 잠시 쉬고 있었던 선우가 말을 덧붙였다.

"아니, 상준이가 미리 얘기 안 했으면 그대로 가려고 한 거야?"

"내 말이."

도영이 분하다는 듯 자리에 앉아 씩씩댔다.

상준의 아이디어대로 '마이캠'을 켜지 않았더라면 바로 당할 뻔했다.

"아, 고기 맛있더라."

유찬이 콧노래를 흥얼거리며 신이 난 얼굴로 내뱉었다.

그 옆에 앉아 있던 상준은, 텅 빈 지갑을 내려다보며 시무룩한 얼굴이 되었다.

"유찬이가 이 동네에서 가장 비싼 데로 부르더라."

"솔직히 이번 건은 내가 받을 만했지."

유찬이 뿌듯한 표정으로 고개를 까닥였다.

차마 부정할 수는 없었기에, 상준은 한숨과 함께 인정했다.

도영이 한층 더 열이 오른 얼굴로 유찬에게 전해 들은 이 PD의 계획을 풀어놓았다.

들으면 들을수록 화가 나는 일이다.

"실장님, 이건 진짜 너무하지 않나요."

"그렇지."

소중한 아티스트를 건드리다니.

도영의 말에 조승현 실장의 얼굴도 차게 식어갈 때였다.

"개새끼."

"어……?"

막대 사탕을 오물거리던 제현이 여과 없이 말을 뱉었다.

선우가 놀란 눈으로 고개를 돌렸다.

"아니, 제현아. 너, 순수한 이미지야. 그러면 안 돼."

"개새끼."

올곧은 말만 하는 막내는 오늘도 거침없이 팩트를 쏟아냈다.

도영은 기특하다는 듯, 주머니에서 초콜릿 하나를 꺼냈다.

"크으. 막내 아주 바른말만 해. 판사나 검사를 했어야 해, 제현이는."

"공부… 못해."

"아."

도영은 납득한다는 얼굴로 고개를 끄덕였다.

어딘가 동질감이 느껴지는 목소리로, 도영이 나직이 말을 던졌다.

"괜찮아. 그거 형도 못해."

"……."

잠시 고민하던 제현은, 초콜릿을 받아 들며 말했다.

"아냐, 그래도 형보단 잘해."

도영의 얼굴이 빠르게 일그러졌다.

초콜릿을 다시 뺏어 가려는 도영의 손짓에, 제현이 필사적으로 발악했다.

또다시 난장판이 되는 사무실을 돌아보며, 조승현 실장은 조용히 혀를 찼다.

"아이고, 저것들 때문에 내가 오래는 못 살겠다."

"에이, 실장님. 장수하셔야죠."

"너네 뒤치다꺼리하라고?"

"당연하죠."

해맑은 얼굴로 고개를 끄덕이는 도영을 돌아보며, 조 실장은 웃음을 터뜨렸다.

악마의 편집 사건으로 우여곡절은 있었지만.

나름 잘 해결되었다.

이 피디는 예전에 맡았던 방송의 편집본까지 떠돌아다닐 정도로 큰 이슈가 됐고.

정당한 편집을 하겠다는 입장문까지 내야 했다.

덤으로.

'서재진도 애매해졌지.'

끝까지 갈등 구조의 편집을 포기하지는 못한 탓에.

서재진에게도 타격이 가는 건 어쩔 수 없는 문제였다.

"장난 아니네……."

상준은 댓글들을 확인하며 속으로 혀를 찼다.

메인에 뜬 기사 아래로는 여전히 논쟁이 이어지고 있었다.

─나상준 마이캠 봤냐고……. 진짜 보살이 따로 없다 보살이. 서재진이 그렇게 시비 터는데.

ㄴ우리 애 마음씨가 착해서 그래요ㅠㅠ

ㄴ그거 다 악편이라니까ㅋㅋㅋㅋㅋ 우리 재진이가 그쪽한테 피해 줬어요?

ㄴ악편은 악편이라 쳐도 없는 장면 갖다 붙였겠냐고. 인성이 딱 보이는구만.

─오죽하면 유찬이가 울겠냐고ㅠㅠㅠㅠㅠ

ㄴㅇㅈㅇㅈ

ㄴ어휴 피디샛기

ㄴ마이캠 없었으면 분명 악편 더 세게 했을걸. 우리 언니가 방송국인데…….

ㄴ언니가 어떻게 방송국이야? 너네 언니가 KBC임?

ㄴ눈치 챙겨.

─야, 편집도 이렇게 밥 먹듯이 사기 치는데. 순위는 믿을 만한 거 맞냐.

ㄴ내 말이 ㅇㅇ

ㄴ에이, 그래도 이건 너무 갔다.

ㄴ너무 갔지 이건;;

ㄴ악편 퇴출 좀…….

두 갈래로 나뉘어 열심히 싸우고 있는 댓글들.

심지어 프로그램의 신뢰도까지 실시간으로 깎여가고 있었다.

그럼에도 시청률은 여전히 고공 행진 중이었다.

'그 시청률 때문에.'

이 PD가 이렇게까지 하는 걸까.

상준은 씁쓸한 미소를 지으며 댓글창을 닫았다.

조승현 실장은 흐뭇한 얼굴로 입을 열었다.

"너네 다음 경연곡 무대 어딘지 들었어?"

"무대요?"

그냥 방송국에서 마련한 무대에서 작게 할 거라고.

그렇게 예상했던 상준이다.

하지만, 이어지는 조승현 실장의 말은 전혀 예상 밖이었다.

"버스킹이라던데?"

"버스킹……?"

버스킹이라면 상준도 몇 번 해본 적은 있었다.

함께 다니던 댄스 학원 친구들과 함께 홍대 버스킹을 몇 번 뛰었었는데.

방송국 무대와는 또 다른 매력이다.

'버스킹이라.'

상준은 머릿속으로 버스킹 장면을 떠올렸다.

상가에 불빛이 가득한 홍대의 밤.

드넓은 거리 한가운데서 함께 공연을 펼쳤었다.

관객들과 실시간으로 소통할 수 있는 무대.

'와아아아아아—.'

사방에 모여 박수를 쳐주는 사람들과.

유명 아이돌 노래를 따라 불러주며 호응해 주는 관객들.

심각하게 삐걱거리는 터라 무대에도 몇 번 못 올랐지만.

상준에겐 분명 좋은 기억이었다.

'하지만……'

중요한 건 그게 아니었다.

잠시 생각을 마친 상준이 심각한 얼굴로 입을 열었다.

"버스킹이면 완전 라이브겠네요."

100프로 라이브 무대라면, 정말 완성도 있는 무대를 준비해 가야 했다.

아무래도 부담이 될 수밖에 없는 상황이었지만, 상준은 놀랍도록 침착했다.

"할 수 있을 것 같아요."

「신이 내린 목소리」도 「유연한 댄스 머신」도 모두 체화했다. 덕분에 혹여 중간에 대여 기간이 끝날까 봐 불안했던 마음도 진정되었고.

조승현 실장은 자신감 넘치는 상준의 모습에 부드러운 미소를 지었다.

"아, 그리고. 탑 10은 버스킹 무대에서 개인 솔로곡 하나씩 선보이게 해준다더라."

"와, 정말요?"

"그래."

조승현 실장은 탁자에 걸터앉으며 고심에 잠겼다.

특별 무대인 만큼, 또 다른 기회나 다름없었다.

지난주 실시간 1위를 찍은 상준 역시 이번 특별 무대에 포함이고.

좀 더 대중들에게 눈도장을 확실하게 찍으려면……

"아."

문득, 조승현 실장의 머릿속에서 지난 센터 선발전의 기억이 스쳐 갔다.

"너, 너는 말야. 특이한 걸로 가봐."

"특이한 거요?"

"그…… 아리랑처럼, 있잖아."

조승현 실장은 심금을 울렸던 무대를 떠올리며 피식 웃음을 터뜨렸다.

도대체 애한테 뭘 가르친 거냐고.

처음에는 유지연 선생에게 따졌지만, 그 결과는 폭발적이었다.

'가만히 있어도 화젯거리를 불러 모으는 아이.'

나쁜 쪽으로 불러 모으는 게 아니라면 굳이 막을 필요는 없다.

조승현 실장은 상준을 믿고선 지원해 줄 생각이었다.

하지만, 상준은 의아한 눈길로 조 실장에게 물었다.

"특이한 거라……. 근데 아리랑이 특이한가요. 우리의 소린데."

"아."

하긴 그 자리에서 아리랑을 생각해 내는 상준이 더 특이하다.

그 사실을 잠깐 잊고 있었던 조 실장은 고개를 저었다.

"아니, 우리의 소리 최고지."

"맞아요."

"그래서 뭐, 그런 비슷한 느낌으로다가. 네가 하고 싶은 거 뭐 없어?"

조승현 실장의 물음에 상준의 눈이 반짝였다.

예전에는 하고 싶었던 걸 마음껏 뽐낼 재능이 없었지만.

지금은 아니다.

노래를 못한다는 사실을 깨닫고 거의 포기한 거나 마찬가지였지만.

상준에게도 나름의 꿈이 있었다.

'내가 하고 싶은 무대…….'

진정한 아티스트로서.

근사한 무대를 꾸며보고 싶다는 욕망이 가슴속에서 차올랐다.

상준은 결심한 듯 입을 열었다.

"저, 하고 싶은 거 있어요."

"어, 그래. 그걸로 해. 뭐 하고 싶은데?"

조승현 실장은 격하게 고개를 끄덕이며 질문을 던졌다.

신뢰 가득한 조승현 실장의 눈길이 닿자, 상준은 당당하게 입을 열었다.

"헤비메탈이요."

"아, 헤비……."

아무 생각 없이 상준의 말을 따라 하던 조승현 실장이 번쩍 눈을 떴다.

"뭐? 헤비메탈?"

*   *   *

조승현 실장은 상당히 떨떠름한 표정으로 허락을 내주었고.

상준은 머릿속으로 빠르게 무대를 그려가기 시작했다.

유명 록 밴드의 노래를 편곡하고, 그에 맞는 퍼포먼스를 보여주면 된다.

완벽한 계획이 머릿속을 빙빙 맴돌았지만.

'준비할 시간이 없네.'

'마이픽'의 스케줄은 상준에게도 버거울 정도로 빠듯하게 돌아갔다.

잠을 줄이는 방법밖에 없겠다고 판단하며, 상준은 고개를 들었다.

"자, 연습 시작합시다!"

상준의 한마디에 서재진이 눈치를 보며 기어 나왔다.

지난번 악편 사건이 있던 뒤로, 서재진은 상준에게 시비를 걸어오지 않았다.

악편 때문에 몸을 사리는 거라고, 상준은 그렇게 짐작했지만.

사실 재진의 생각은 달랐다.

'내가 못 이기니까.'

부드러운 멜로디 위로 깔리는 상준의 노래.

시계가 12시로 달려가면

사람들을 빨아들일 듯한 매력적인 목소리 위로 섬세한 표정 연기가 씌워진다.

상준은 아련한 얼굴로 손을 뻗었다.

사소한 감정 처리마저도 완벽하다.

서재진은 속으로 탄식을 내뱉었다.

'저걸 어떻게 이겨.'

몇 주 동안 지켜보고 나서야 깨달았다.

아무리 부정하려 해도 자신이 넘볼 상대가 아니라는 것을.

그걸 인정하기가 분했지만.

'사실이니까.'

서재진은 씁쓸한 얼굴로 연습에 집중했다.

달을 감싸 쥐는 듯한 부드러운 동작 다음으로, 감미로운 도영의 노래가 이어진다.

너를 그 밤의 한가운데에서

만날 수 있었어

속삭이는 듯한 도영의 목소리.

제법이라는 듯 서재진이 놀란 눈으로 도영을 바라보았다.

곧바로 서서히 고음이 치고 나왔다.

긴장한 탓인지 위축된 얼굴의 하운이 입을 열었다.

"네가— 그 자리……."

하지만, 곧바로 이어지는 삑사리.

서재진의 얼굴이 차게 식었다.

하운은 당황한 탓에 그다음 동작도 잇지 못하고 버벅거렸다.

"잠깐만."

터벅터벅.

자리에서 이탈한 서재진이 곧바로 노래를 꺼버렸다.

허접하게 실수를 하는 꼴이라니.

승부욕이 가득한 재진의 성격상 용납할 수 없는 부분이었다.

"다들 집중하고."

더군다나 YH 엔터의 첫 경연 무대에서도, 다른 멤버들의 실수로 대열이 흐트러졌던 경험이 있는 터라.

서재진의 얼굴이 싸늘하게 식었다.

"다시 하자."

재진은 다른 말 대신 그 한마디만을 뱉을 뿐이었다.

"네……."

서늘한 그의 말투에 하운이 잔뜩 눈치를 보기 시작했다.

하지만, 곧이어 이어진 연습에서도.

"난— 알았던 거— …아."

"후우."

하운은 같은 실수를 반복했다.

하운은 창백하게 질린 얼굴로 서재진의 눈을 피했다.

본격적인 연습으로서는 첫날이니, 부족한 게 당연하다.

"우리 좀 쉴까?"

보다 못한 상준이 거들었다.

순위권에서 살짝 밀려난 뒤로, 재진이 너무 조급하게 달려드는 것 같아서였다.

"쉬는 게 나을 것 같네."

"자, 다들 잠시 쉽시다아!"

사소한 실수야 연습을 하면 나아지겠지만.

문제는.

하운의 자신감이 바닥을 치고 있다는 것.

"저……."

하운은 새하얗게 질린 얼굴로 고개를 숙였다.

입을 떼지도 않았는데 이미 겁에 질린 상태다.

상준은 조심스럽게 하운의 눈치를 살폈다.

19살인 도영보다도 두 살이나 어린 하운이다.

날고 기는 연습생들 앞에서 고작 3개월 차의 연습생이 버틸 수 있을 리 없었다.

"다시 해볼래요?"

상준의 한마디에 하운이 고개를 끄덕였다.

시그널 송 무대 때도 그렇고, 충분히 할 수 있는 친구다.

너무 겁에 질려 있어서 문제지.

"노래부터 한번 불러봐요."

하운은 침을 삼키고는 애써 감정을 잡았다.

떨리는 목소리가 하운의 목에서 새어 나왔다.

"네가 있던― 그 자리에―!"

짧게 치고 지나가는 한 소절이지만, 감정을 충분히 이입해야 하는 파트다.

「신이 내린 목소리」에 이어서 「신이 내린 가창력」까지 체득한 상준의 귀에는, 하운의 문제점들이 세세하게 들려왔다.

마치 파형이 눈앞에서 그려지는 것처럼.

"잠깐만."

부족한 부분들과 채워줘야 할 파트가 하나하나 떠오른다.

상준은 다급하게 하운을 막았다.

"호흡이 지나치게 많아요. 감정을 억지로 실으려고 하지 말고, 소리를 살려서 불러봐요."

공기 반 소리 반은 그렇다 쳐도.

저건 거의 뭐, 공기 90프로쯤 된다.

전혀 힘이 실리지 않은 목소리다 보니.

'약간 무서운데.'

납량 특집 효과음에 더 적합한 사운드였다.

"다시 해볼게요."

하운은 상준의 충고를 받아들이고는 목에 힘을 주었다.

"네가 있던— 그……!"

듣기 싫은 마찰음이 났다.

지나치게 힘을 주다 보니, 삑사리를 피하지 못한 탓이었다.

"어… 어."

하운의 표정이 급격히 무너져 내렸다.

덜컥 두려움이 밀려왔다. 아무것도 하지 못할 거라는, 자신은 재능이 없다는 그런 불안감.

커다란 두려움은 이내 하운을 완전히 삼켜 버렸다.

"하……."

하운의 손이 덜덜 떨리고 있었다.

반쯤 넋이 나간 목소리가 목구멍으로 튀어나왔다.

"죄, 죄송합니다."

"네?"

도영이 놀란 눈으로 고개를 돌리자, 하운이 창백한 얼굴로 시선을 피했다.

"저……. 못 할 것 같아요."

"……!"

"잠시만, 잠시만 나갔다 올게요. 죄송해요."

남들의 눈치도 많이 보고, 자신감도 적은 편인 하운이다.

하운은 횡설수설하며 말을 마치고는.

비틀거리며 연습실을 나가 버렸다.

순식간이었다.

"뭐야, 어떻게 된 거야."

도영이 놀란 눈을 굴렸다.

급격한 긴장으로 완전히 패닉상태에 빠진 모양인데.

자기라도 도와줘야겠다는 생각에, 도영은 본능적으로 나섰다.

상준은 그런 도영의 팔을 붙들었다.

"내가 갈게."

"형이? 가서 뭐라 하게? 뭐라 말해도 안 들을 거 같은데. 쟤 완전 얼이 나갔던데."

"괜찮아."

상준이 차분하게 말을 뱉었다.

딴 건 몰라도 이쪽은 상준이 전문이니까.

재능 없는 자의 상담은, 재능 없는 자가 해주는 게 낫다.

'누구보다 그 마음을 아니까.'

담담하게 문을 박차고 나서는 상준의 머리 위로 메시지가 떠올랐다.

[347번째 재능 '위대한 언변술'이 활성화되어 있습니다.]

*　　　　*　　　　*

똑똑.

문을 두드린 상준은 조심스레 고개를 내밀었다.

하운은 상준의 예상대로 무릎에 고개를 파묻고 있었다.

텅 빈 옆 연습실에 들어가 혼자 울고 있었던 모양이었다.

저렇게 멘탈이 약해서야.

누구보다 재능 때문에 힘들었던 상준이다.

지금 하운의 마음은 충분히 이해할 것 같았지만.

지금은 냉정해져야 했다.

"연습 안 할 거야?"

하운이 충혈된 눈으로 고개를 들었다.

제 딴에는 울지 않은 척을 하려 했지만, 이미 부어버린 눈이 하운의 감정을 증명하고 있었다.

"김하운."

텅 빈 연습실에는 카메라가 설치되어 있지 않았다.

그렇기에.

하운도 평상시보다는 훨씬 더 솔직해져 보려 했다.

그가 떨리는 목소리로 말을 뱉었다.

"못 하겠어요. 무대도 무섭고, 잘할 자신도 없고."

거듭 자신이 없어 보이는 하운의 태도에 상준은 인상을 찌푸렸다.

사실 경연은 한 명이 잘해서 되는 일이 아니다.

이런 식으로 못 하겠다고 나서면 함께 망하는 게 팀 경연이다.

"못 할 것 같아?"

이젠 정말 무대까지 일주일도 남지 않았다.

상준의 한마디에 하운은 긴장한 기색으로 고개를 끄덕였다.

이윽고, 상준의 냉정한 말이 튀어나왔다.

"그럼 포기하게?"

"……"

포기한다.

그 한마디에는 하운도 쉽게 입을 열지 못했다.

그 이유는 상준도 알았다.

재능이 없는 걸 알면서도 미련을 버리지 못했으니까.

하지만, 정말 포기할 게 아니라면.

이렇게 널브러져 있어서는 안 됐다.

"관둘 거면 확실히 관두고. 그게 아니라면, 해야 할 거 아냐."

"제가 재능이 없……"

"그렇다고 갇혀 있으려고?"

우물 안의 개구리는 평생 우물 밖을 나오지 못한다.

할 수 있는 한계가 여기까지라며 지레 포기해 버리면.

아무것도 될 수 없다는 걸, 상준은 이제야 깨달았다.

"야."

텅 빈 연습실에서 재능이 없음을 한탄하면서.

그렇게 멍청하게 시간을 흘려보내던 자신을 떠올렸다.

포기해 버리려고 수없이 고민했지만, 놓고 싶지 않았던 미련 덕분에 살아남았다.

하지만, 그때 포기했더라면.

'이런 기회도 오지 않았겠지.'

상준은 진심 어린 충고를 담았다.

"포기하는 건 네 자유야. 근데 대신, 그에 대한 후회는 네가

책임져야 할 몫이고."

"……."

"기회가 왔으면 잡아야지."

상준의 한마디에 하운의 얼굴이 붉게 달아올랐다.

그의 말에는 놀랄 만큼의 힘이 담겨 있었다.

마치 빨려 들어갈 듯한 그 힘 앞에서, 하운은 고개를 끄덕일 수밖에 없었다.

"이름조차 알려지지 않고 묻히는 연습생들이 태반이고. 3년, 아니, 10년을 해도 데뷔 못 하는 연습생들이 태반이야."

"그렇죠……."

"그런 애들 앞에서. 이렇게 기회까지 거머쥔 네가, 포기할 거야?"

하운은 울먹이며 고개를 저었다.

"힘들다고 여기서 놓아버리면. 먼 훗날 후회할걸?"

"……."

"내가 왜 그렇게 무력했을까. 한 번뿐인 인생, 그냥 질러볼걸. 그렇게 수십 번을 후회하는 거보단 일단 해보는 게 낫지 않아?"

상준은 하운을 내려다보며, 신비했던 그날의 기억을 떠올렸다.

최 실장, 아니, 최 실장처럼 보이는 누군가가 자신에게 건넸던 말을.

상준은 아직 잊지 않고 있었다.

"너도 나름 열심히 노력했을 거 아냐."

긴장감에 얽매여 있어서 그렇지, 하운도 나름 노력파였다.

상준 못지않게 쉴 새 없이 연습하는 녀석이라는 걸, 상준은 단번에 알아챘다.

상준의 목소리가 다그치듯 하운의 귓가를 울렸다.

"그렇게 노력했는데도 안 돼서. 열받지도 않아, 넌?"

"그… 그게."

그때, 무형의 존재가 상준에게 건넸던 그 말.

하지만, 그 뒷말은 사뭇 달랐다.

"재능이 있잖아, 넌."

연습실에 침묵이 흘렀다.

잠시 당황한 눈빛으로 상준을 바라보던 하운.

그가 더듬거리며 말했다.

"제, 제가요?"

"그래, 재능을 똑바로 안 써서 그렇지."

하운은 스스로가 재능이 없다는 착각에 빠져 있지만.

절대 아니었다.

아직 미숙할지언정, 충분히 노력으로 커버할 수 있는 재능이다.

재능이 없어서 수없이 절망했고.

포기해야 하나, 고민했던 적도 많았다.

그 막막함을, 상준이라고 모르는 게 아니었다.

'다 겪었으니까.'

그렇기에, 상준은 그 말을 전해주고 싶었다.

"할 수 있어."

어느새 그의 말에 감화된 하운은 격하게 고개를 끄덕였다.

여전히 자신은 없지만.

아까와는 달리, 하운의 얼굴엔 은은한 미소가 걸려 있었다.

"한번 해볼게요."

하운의 한마디에, 상준의 얼굴이 밝아졌다.

한결 열의 있는 자세로 나오니, 가르칠 맛이 난다.

상준은 씨익 웃으며 고개를 까닥였다.

"그러면, 내가."

당분간 쓸 일이 없어 보이는 「무대의 포커페이스」를 반납하고.

[4,028번째 재능 '위대한 교육자'를 대출하시겠습니까?]

새로운 재능을 수락한다.

그와 동시에.

상준이 손에 쥔 하늘색의 책이 환하게 빛났다.

열의에 불타는 상준의 눈빛이 말했다.

"똑바로 쓰는 법을 알려줄게."

*   *   *

"지금 10시간째 연습 중이라던데."

"연속……? 사람이야?"

수군대는 연습생들의 목소리가 저 멀리서 들려왔다.

다들 상준의 집념 앞에서는 무릎을 꿇었다.

"저거, 안 지치냐."

안무와 보컬을 동시에 집중하면서도 실수하지 않는 하운.

그만큼까지 발전시킨 데에는 상준의 재능 덕도 있었지만, 하운 그 자신의 노력이 가장 크게 작용했다.

다들 그의 멈출 줄 모르는 연습에 혀를 내두르는 사이에도.

"그 부분, 다시 불러봐."

상준은 하운의 미세한 호흡 소리를 듣는 데 여념이 없었다.

단호한 한마디가 튀어나왔다.

"아니, 목에 힘을 빼고, 자연스럽게."

「신이 내린 가창력」만으로도 충분히 보컬의 단점은 곧잘 보였지만.

「위대한 교육자」 재능을 대여하고 나니, 청각이 훨씬 예리해졌다.

하운의 미세한 단점까지도 지적해 준 덕에, 그의 노래 실력은 정말 일취월장하고 있었다.

게다가.

'20% 학습 버프 효과.'

책에 그런 설명도 적혀 있었다.

그 덕분인지 하운은 상준이 말하는 족족 스펀지처럼 빨아들였다.

"와."

이게 되는구나.

하운은 놀람을 감추지 못했다.

스스로가 생각해도, 짧은 사이에 놀랄 만큼 바뀌어 버린 발성이었다.

"형은 진짜 대단한 것 같아요."

진심 어린 한마디가 하운의 입에서 튀어나왔다.

상준은 웃음을 터뜨리며 고개를 저었다.

문득, 유찬이 자신에게 했던 말이 떠올랐다.

"고맙다는 인사는 나중에 지갑으로."

"오우, 뭘로 준비하면 될까요?"

경직되어 있던 하운답지 않게, 그가 능청스러운 말투로 받아쳤다.

상준은 저 건너편에 앉아 있는 유찬을 힐끗 보고는, 피식 웃으며 말했다.

"나도 고기."

"네, 좋아요."

예상보다 훨씬 진지하게 받아들인다.

머쓱해진 상준은 그런 하운의 어깨를 치며 말을 돌렸다.

"자, 됐고. 이 파트 다시 보자."

제자가 잘 따라와 준다면야, 스승도 즐거운 법이다.

상준이 모처럼만에 신이 난 얼굴로 설명하고 있던 순간.

"어?"

벌컥.

문이 열렸다.

상준은 놀란 눈으로 고개를 돌렸다.

"선배님……?"

연습실 문을 열고 들어온 건.

다름 아닌 강주원이었다.

"안녕하십니까!"

갑작스러운 강주원의 등장에, 모든 연습생들이 일제히 자리에서 일어났다.

90도로 인사를 건넨 건 상준도 마찬가지였다.

"다 여기 모여 있네?"

부드럽게 웃던 강주원의 눈길이 상준에게 꽂혔다.

괜한 착각인가 싶던 순간.

강주원이 상준에게 말을 던졌다.

"잠깐 나와볼래?"

*   *   *

"많이 버겁지?"

쿵.

새하얀 문을 조심스레 닫은 강주원이, 진지한 목소리로 물었다.

상준은 그가 걱정스러운 얼굴로 찾아온 이유가 지난 방송 때문임을 알아챘다.

하운은 아직 부족하고, 악마의 편집에까지 휘말리다 보니.

내색은 안 해도 힘들 거라고 짐작한 강주원이었다.

"심지어 솔로 무대도 준비해야 한다며."

강주원의 한마디에 상준이 고개를 끄덕였다.

근사한 무대를 머릿속에서 떠올린 상준이 해맑게 웃어 보였다.

"제가, 한번 제대로! 준비해 보겠습니다."

"설마. 또 아리랑은 아니지? 혹시, 이번엔 판소리……?"

불길한 얼굴로 바라보는 강주원에, 상준은 부드럽게 고개를 저었다.

"아뇨, 이번엔 더 파워풀합니다."

"파워풀?"

강주원은 고개를 갸우뚱하며 되물었다.

'또 이상한 건 아니겠지?'

아리랑의 여파가 너무 컸던 터라, 왠지 모를 불안감이 생겨났지만.

강주원이 그를 찾아온 이유는 따로 있었다.

잠시 망설이던 그는, 곧바로 본론에 들어갔다.

"다름이 아니라."

"네."

"이번에 새로 하는 프로그램 하나 제안 받았을 텐데. 드라마인 드라마라고."

아.

상준은 대충 넘겼던 서류를 떠올렸다.

예능프로그램의 일종이었는데.

제안받은 일이 워낙 많다 보니 제목만 기억나는 수준이었다.

심지어 할지 말지도 정해지지 않은 상태였고.

"그거 한번 해볼래?"

그렇기에 강주원의 제안에, 상준은 두 눈을 동그랗게 뜰 수밖에 없었다.

대선배가 다른 누구도 아닌 자신에게, 이렇게 캐스팅을 제안해 올 줄은 몰랐던 탓이었다.

"아, 내가 그 작가랑 좀 친하거든. 근데 그분이, 네가 그렇게 마음에 든단다."

"제가요?"

강주원이 너털웃음을 터뜨리며 고개를 끄덕였다.

'마이픽' 촬영 때문에 바쁠 거라고 그렇게 말했는데도.

'나, 걔 꼭 한번 만나보고 싶다니까.'

'아직 신인이야. 겨우 연습생이 예능에서 뭐 그리 활약을 한다고.'

각종 예능프로를 성공시킨 최서예 작가.

그녀의 성공 비결에는 뛰어난 설정 캐치도 있지만.

캐스팅 실력도 어마어마했다.

그녀가 뽑은 패널은 다 성공을 거둘 정도로.

강주원은 성실한 상준을 퍽 마음에 들어 하고 있었다.

그렇기에 이것이 기회라면 선뜻 추천해 주고 싶었다.

"어때? 한번 해볼래?"

강주원의 말에 상준이 잠시 침을 삼켰다.

담담한 목소리가 흘러나왔다.

"그런데, 선배님."

"어, 말해봐."

상준이 마른 입술을 지그시 깨물었다.

설마 프로그램이 마음에 들지 않았던 걸까.

불안한 강주원의 동공이 흔들렸다.

하지만.

고민하던 상준의 입에서 튀어나온 말은 전혀 뜻밖이었다.

"드라마가 드라마지. 왜 드라마인 드라마일까요……?"

뭐?

느닷없는 질문에 강주원은 황당한 웃음을 터뜨렸다.

그러거나 말거나.

상준은 제법 심각한 얼굴이었다.

서류를 제대로 볼 여유가 없었던 상준이다.

열정이 넘치다 못해 폭발하는 그로서는.

프로그램에 대한 사소한 정보마저도 알아가고 싶었다.

"야, 그게 아니라."

이런 상황에도 진지해 보이니, 웃음이 절로 튀어나올 수밖에 없었다.

강주원은 깔깔거리며 배를 잡았다.

"인(in)이라고. 인."

최선을 다해 영어 발음을 굴려준 강주원 덕에.

"아하!"

상준은 그제야 프로그램의 정체성을 알아챌 수 있었다.

정작 강주원은 웃느라 정신이 없었지만.

"야, 너도 참 독특하다."

살다 살다 선배가 건네는 프로그램 제안에, 프로그램의 정체성을 묻는 후배는 처음 봤다.

"왜 그 작가가 널 추천했는지 이제 알겠네."

"네?"

영문을 모르는 상준은 두 눈을 끔뻑였다.

강주원의 귓가에는, 최서예 작가가 흥분한 얼굴로 외쳤던 말들이 아직도 생생했다.

'두고 봐. 걔는 개그 캐라니까! 내 눈은 정확하다고!'

허어.

역시 최서예 작가의 눈은 정확했다.

강주원은 저도 모르게 고개를 끄덕였다.

"맞네."

"네?"

"아니야. 들어가자."

강주원은 부드럽게 웃으며 상준의 등을 밀었다.

"아아, 네."

강주원이 중얼거린 말의 의미를 상준이 알 길은 없었지만.

"어? 뭐죠, 뭐죠?"

벌컥.

강주원과 함께 문을 열고 들어간 탓에.

연습실의 분위기는 다시 웅성거리기 시작했다.

"예에. 센터—!"

아무 일 없이 강주원이 찾아왔을 리는 없을 테고.

분명 방송상의 이벤트라는 계산에, 도영이 열심히 호응을 시작했다.

어디서나 튀는 리액션이다.

"제가 왜 왔는지 궁금하죠?"

"네에에—!"

강주원은 피식 웃으며 낮게 깔린 목소리로 입을 열었다.

"오늘, 제가 여러분을 위해서 뭘 좀 준비해 봤는데."

"허억."

56명의 연습생들이 동시에 강주원을 돌아보았다.

부담스러운 눈동자가 깜빡이자, 강주원은 단호하게 말을 뱉었다.

"그런데. 딱 한 팀만 줄 거거든요."

"아."

김빠진 콜라처럼 곳곳에서 탄식이 튀어나왔다.

스윽.

얼떨결에 강주원의 옆에 어정쩡하게 서 있던 상준은, 그 틈을 타 조용히 자리에 착석했다.

"그 우승 팀을 가려보고자 오늘 미니 게임을 진행할 생각인데."

아이돌 오디션프로그램인 만큼, 개개인의 매력을 보여주는 코너가 필요하다.

선물도 선물이지만, 다들 하나같이 같은 마음을 품고 있었다.

여기서 방송 분량을 따내겠다는 의지.

하지만, 그런 그들의 마음도.

"우승한 팀에게는 프로필 촬영권과……."

"……."

"나머지 하나는."

강주원이 내건 선물을 들었을 때.

"와."

"미쳤다, 이건."

"무조건 이긴다! 다들 모여어―!"

완전히 바뀌어 버렸다.

*　　　*　　　*

"아니, 다른 것도 아니고. 상품이 미쳤잖아!"

도영이 흥분한 얼굴로 말을 뱉었다.

늘 싸늘하던 서재진도 말을 얹었다.

이럴 때만 뜻을 합하는 둘이다.

"미쳤지. 이건 꼭 이겨야 해."

더군다나 승부욕도 강한 서재진이다 보니.

다른 팀을 부숴서라도 1위를 따내겠다는 반응이었다.

모두들 지친 나머지 무기력해 있던 연습실 안을 후끈하게 데워준 강주원의 제안은.

"치느님, 믿습니다……!"

다름 아닌 치킨이었다.

맛없는 배식에다가, 방송이 끝나면 식단 조절에 들어가야 하니.

그들에게 치느님은 그야말로 신적인 존재였다.

상준 역시 언제나처럼 열정 넘치는 눈길로 주먹을 쥐었다.

"다, 이기자!"

"아자아자, 파이팅!"

우렁찬 말소리와 함께 본격적인 게임이 시작되었다.

그리고.

"왜 못 알아먹냐고! 내가! 내가! 말하잖아!"

"내가 말하잖아! 맞지? 맞지?"

"아니, 그거 따라 하지 말라고. 저건 쓸데없는 것만 잘 맞혀."

금방이라도 싸울 듯이 덤벼드는 재진과 예성.

상준은 황당한 얼굴로 둘을 번갈아 바라보았다.

이들을 이토록 혼돈에 밀어 넣은 첫 번째 게임은.

「고요 속의 외침」.

각종 예능프로에서 자주 보여주는 게임의 일종이었다.

헤드셋을 낀 재진과 예성은, 서로의 말이 완전히 안 들리는지 있는 힘껏 목청을 높이고 있었다.

남은 시간은 5분.

펄럭.

그다음 장으로 문제가 넘어가자, 예상 못 한 난이도에 다들 입을 벌렸다.

[강주원 선배님은 노래를 잘한다.]

와.

잠자코 지켜보고 있던 상준이 탄식을 뱉었다.

문장이라니.

문제를 확인한 재진의 얼굴이 창백해졌다.

하지만, 치킨을 타내겠다는 일념으로 재진은 다시 목청을 높였다.

"강주원 선배님은!"

"어, 강주원 선배님!"

인칭 명사라서 그런지, 이번에는 단번에 맞히는 예성이었다.

출발은 그렇게 수월했는데.

"노래를!"

"너를!"

"아니, 노래를!"

"너에게를……?"

저기, 싸우는 거 아니지?

살기가 넘쳐흐르는 서재진의 표정 때문에, 상준은 나가서 말려야 할지 진지하게 고민했다.

그런데.

"잘한다!"

이 마지막 단어를.

예성이 이상하게 받아쳤다.

"지랄한다?"

"……!"

곰곰이 문장을 이어본 예성의 낯빛이 창백해졌다.

"강주원 선배님이… 네게… 지랄한다?"

가만히 서 있던 강주원이 배를 잡고 앞으로 고꾸라졌다.

"얘들아, 방송용으로 가야지!"

설마 방송에서 그런 말이 나왔겠냐며 웃어대는 강주원.

오늘따라 웃다가 숨넘어갈 일이 너무 많다.

하지만, 지나치게 큰 노랫소리 탓에 예성은 그의 말을 들을 수 없었다.

"뭔가 이상한데? 방금 지랄하셨어?"

예성은 이상하다는 듯 고개를 갸우뚱하고 있었고.

서재진은 모두가 웃는 와중에도 상황을 파악하지 못하고 있었다.

마찬가지로 귀에 쓴 헤드셋 탓이었다.

남은 시간은 3분.

치킨을 뺏길 수는 없다.

"제가 할게요."

보다 못한 상준이 앞으로 나섰다.

도영이 횡급히 상준을 따라 나왔다.

둘이 앞에서 삽질이란 삽질은 다 했지만.

"잘하자."

서로 눈빛을 교환한 상준과 도영이 동시에 고개를 끄덕였다.

상준이 문제를 내고, 도영이 맞히는 입장이다.

펄럭.

문제가 넘어가고.

상준은 치킨을 향한 열정을 담아 입을 열었다.

"계란프라이."

"계란프라이!"

"과자!"

"과자!"

게다가 문장형 문제까지.

"나는 어제 밥을 먹었다."

"나는 어제 밥을 먹었다!"

이어지는 정답의 행진 속에서.

승리를 확신하고 있던 C팀의 연습생들은 고개를 들었다.

믿을 수 없는 광경이다.

'몇 문제 정도는 틀리는 게 정상인데.'

말하는 족족 맞히고 있다.

초록 조끼를 입은 유찬이 놀란 눈으로 상준을 돌아보았다.

도영도 분명 잘 맞히고 있긴 하지만.

이건.

'상준이 형 덕분인데?'

헤드셋을 뚫고 들어갈 법한 정확한 입모양.

심지어 한 치의 흐트러짐도 없는 완벽한 딕션까지.

조용히 앉아 있던 연습생들 사이에서 감탄이 튀어나왔다.

"와, 뭐야?"

미묘하게 힘이 들어간 상준의 목소리에, 다들 발음을 잘한다고 생각했을 뿐이지만.

상준은 알았다.

「위대한 교육자」.

전달하고자 하는 정보를 정확하게 전달한다.

음악 소리에 묻혀 말소리가 들리지 않는 상황에서도, 재능은 효과를 발휘했다.

하운은 저도 모르게 작게 중얼거렸다.

"와, 진짜 못하는 게 뭐지?"

하다 하다, 발음까지 완벽한 아이돌이라니.

난생처음 보는 희한한 캐릭터에, 하운은 거듭 감탄을 내뱉었다. 그의 뒷자리에 앉은 연습생들도 마찬가지였다.

"아니, 저거마저 잘해?"

"거의 아나운서 딕션인데."

"입모양도 봐. 나도 저거 보면 맞힐 거 같은데?"

연습생들의 웅성거림 속에서.

띠리링.

마침내 제한 시간이 끝나고.

"스물… 스물한 개!"

심판을 보고 있던 연습생이 놀란 눈으로 소리쳤다.

워낙 많은 정답 수에, 세는 데에도 한참의 시간이 걸렸다.

앞선 팀은 겨우 여섯 개를 맞히고 돌아갔는데.

무려 스물한 개라니.

"와아아악!!"

도영이 환호성을 내지르며 제자리에서 방방 뛰었다.

결과는 볼 것도 없이.

"B팀의 우승입니다!"

강주원의 한마디는 B팀의 환호성을 불러일으키기에 충분했다.

후끈 달아오른 연습실 안에서.

흥분한 연습생들의 목소리가 울려 퍼졌다.

"치킨! 치킨! 치킨!"

그 환호성의 중심에 상준이 서 있었다.

가만히 서 있으려 하던 서재진도, 카메라의 빨간 불빛을 보고는.

어설프게 주먹을 치켜들었다.

"치… 치킨!"

*　　　　*　　　　*

"와. 진짜 겁나 맛있다. 죽인다, 진짜."

도영이 거듭 엄지손가락을 치켜세우며 치킨을 흡입했다.

새하얀 가루가 솔솔 뿌려져 있는 어니언 치킨과 매콤한 양념 치킨까지.

거의 풀 위주로 돌아갔던 식단에 지쳐 있던 연습생들에겐, 기적 같은 식단이었다.

"음, 맛있네."

"다, 저희가 완벽한 덕분이죠."

재진이 무심코 연 말에 도영이 즉각적으로 반응했다.

겉으로는 장난스러운 표정으로 던진 말이지만, 그를 자극하려는 의도가 다분한 멘트였다.

순간, 팽팽한 눈싸움이 둘 사이에 이어졌다.

"어우, 그럼요. 하하."

하지만, 카메라가 바로 옆에 있다.

다행스럽게 표정 관리에 성공한 재진이 너털웃음을 터뜨렸다.

그 탓에 가만히 닭다리를 오물거리고 있던 상준 역시 웃음을 흘렸다.

'완전 코미디네.'

그가 저렇게 성질을 죽이고 있는 것이 신기해서였다.

재진은 그 사건 뒤로 상준에게 이렇다 할 시비를 걸지 못했다.

그저 반쯤 나간 듯한 정신으로 묵묵히 연습만 했을 뿐.

껄끄러운 사이긴 해도 꼬박 일주일을 같이 연습한 사이다.

"무대, 잘됐으면 좋겠네요."

저도 모르게 내뱉은 상준의 말에, 서재진도 고개를 끄덕였다.

악마의 편집을 신경 써서일 거라며 상준은 지레짐작했지만.

'부럽네.'

저렇게 모든 걸 다 가지고도, 여유마저 가질 수 있는 태도가 부러워서.

서재진은 의미를 알 수 없는 눈길로 상준을 응시했다.

그때였다.

잠자코 있던 하운이 입을 열었다.

"아, 형."

하운이 슬쩍 상준의 어깨를 치며 말을 건넸다.

"그… 솔로 무대는 어떻게 됐어요?"

"솔로 무대?"

하운의 한마디가 잔잔하던 연습실 안에 불을 지폈다.

아까 전까지만 해도 묵묵히 앉아 있던 서재진의 눈에 열의가 타오르기 시작했다.

실시간 순위에서도, 센터 평가에서도.

단 한 번도 상준을 이긴 적이 없던 그였다.

"뭐 할 거예요? 정했어요?"

서재진이 다급한 목소리로 입을 열었다.

상준은 피식 웃으며 천천히 되물었다.

"그쪽은 정했어요?"

"아."

당황한 듯 눈을 끔뻑이는 서재진이다.

그가 퍽 긴장했다는 것을, 상준은 짐작할 수 있었다.

자신감이 넘쳐흐르던 모습은 어디로 가고.

떨떠름한 목소리가 서재진의 입에서 튀어나왔다.

"아, 전 정했죠. 아주, 자신… 있습니다."

"아."

서재진이 준비한 곡은 유명 아이돌 가수의 발라드 솔로곡이었다.

고음도 곧잘 부르는 재진이었기 때문에, 감정선만 잘 잡으면 승산이 있을 거라 생각했다.

그럼에도 왜 이리 불안한 걸까.

'아리— 랑—.'

'고개를—.'

서재진은 상준의 무대를 떠올리며 주먹을 움켜쥐었다.

또 그렇게 특색 있는 무대를 들고 오면 어쩌지.

퍽 걱정이 되어서였다.

"어떤 걸로 정했는지 말해봐요."

이기고 싶어 안달이 난 그의 속마음을 상준도 모를 리 없었다.

다급한지 거듭 자신을 떠보려는 서재진의 속셈에.

"정하긴 정했는데."

상준은 미소를 지은 채 대답했다.

"좀… 뭐랄까."

"……."

"멋있는 걸로."

＊　　　　＊　　　　＊

그토록 상준이 선보이고 싶었던 공연.

오지 않을 것만 같았던 버스킹 무대는, 마침내 당일로 찾아왔다.

열 팀 모두 다른 장소에서 공연하는 버스킹 무대.

그중에서도 B팀이 준비하는 무대는 수많은 인파로 가득 차 있었다.

JS 엔터의 차량 뒷좌석에 앉아 있던 선우가 급하게 떡을 내밀었다.

"이거라도 먹고 가. 배고프겠다."

항상 리더답게 멤버들을 챙기는 선우다.

"물도 마시고."

음악방송 무대를 뛴 적은 한 번 있었지만, 버스킹 무대는 처음인지라.

도영의 안색이 파리하게 질려 있었다.

선우는 그런 도영이 퍽 걱정되는 얼굴이었다.

"아, 잘할 거라니깐. 가서 딱 보여주고 와라."

"그래야지."

도영이 물병을 움켜쥔 채 고개를 끄덕였다.

그런데.

덜덜덜.

"물병이 떨리는 걸까, 내가 떨고 있는 걸까."

물병을 움켜쥔 도영의 손이 빠르게 떨리고 있었다.

"후아후아."

"아, 형 물 다 흘려요."

제현이 곧바로 조승현 실장에게 일렀지만.

도영은 반쯤 넋이 나간 기색이었다.

상준은 결연한 표정으로 도영을 똑바로 응시했다.

"너무 긴장하지 말고."

"맞아. 할 수 있다."

제현은 담담한 눈길로 고개를 끄덕였다.

차창 너머로 본 바깥엔 이미 수많은 인파가 몰려 있었다.

100프로 라이브 무대이니만큼, 상준의 심장도 빠르게 뛰고 있었지만.

"나가자."

이제 나가야 했다.

벌컥.

상준은 결심한 얼굴로 차 문을 열었다.

멀게만 느껴지던 함성 소리가 코앞으로 다가왔다.

상준이 머릿속으로 수십 번을 그렸던 무대.

하지만, 그 무대보다도 훨씬 더 많은 사람이 와 있었다.

'대박……'

와아아아—.

응원 소리와 함께, 상준은 떨리는 발을 내디뎠다.

임시로 마련해 둔 붉은 카펫 위로 걷자마자, 사방에서 수군거리기 시작했다.

"와, 미쳤다."

"진짜 비율 돌았는데?"

"얼굴 천재다, 얼굴 천재."

사방에서 튀어나오는 탄성을, 상준은 기분 좋게 한 귀로 흘렸다.

하지만, 옆에서 들려온 한마디에 상준은 가던 길을 멈춰 섰다.

"이쪽! 이쪽 봐주세요!"

비슷한 내용의 함성이 여기저기서 울려 퍼졌지만.

유독 매력적인 목소리 때문일까.

상준은 본능적으로 고개를 돌렸다.

"꺄아아— 이거, 이거 받아주세요!"

"어!"

안전을 위해 마련해 놓은 빨간 줄.

그 뒤로 교복을 입은 여자아이가 편지 봉투를 흔들어대고 있었다.

'마이픽' 촬영 이후로 팬 미팅 등의 단독 스케줄은 없었으니,
팬들과 직접 대면하는 일은 처음이었다.

"이거 제가 쓴 편지예요! 꼭 데뷔해야 돼요. 알았죠?"

쿵쿵.

미친 듯이 심장이 떨려왔다.

이 수많은 사람들이 자신을 보러 왔다는 게 믿기지 않아서.

"감사합니다."

여자아이가 흔드는 편지 봉투를 조심스레 받아 들고, 상준은
진심 어린 인사를 건넸다.

갈색 생머리에 다람쥐상에 가까운 귀여운 외모.

베이지색 교복을 입은 학생이 신이 나서 말을 늘어놓았다.

"저 진짜 팬이에요! 맨날 하루도 안 까먹고 투표하고 있어요!"

"저도 하고 있어요오—!"

"으아악! 저도!"

뒤에서 동시에 비명이 쏟아져 나왔지만.

상준은 부드러운 미소와 함께 여학생의 눈을 똑바로 응시했다.

명랑한 목소리로 학생이 말을 뱉었다.

"제 이름은 서아린이에요! 기억해 주세요!"

새하얀 편지지 위에 새겨진 이름.

퍽 예쁜 이름이라고 생각하며, 상준은 싱긋 웃어 보였다.

"기억할게요. 고마워요."

상준의 한마디에, 여학생의 팬심이 달아올랐다.

순간 현기증이 나서 쓰러질 뻔한 정신을 간신히 붙잡고.

그녀는 멀어지는 상준의 얼굴을 빤히 바라보았다.

"무대 재밌게 봐주세요!"

팬들과 인사를 나누던 다른 팀원들도 슬슬 무대에 올라서던 참이었기에.

상준은 해맑은 인사를 마치고, 무대 위에 섰다.

야외에서 진행하는 버스킹 무대.

조금의 실수도 있는 그대로 드러날 무대이기에 입안이 말라왔다.

하지만, 지금의 상준은 예전과 달랐다.

"자, 여러분! 준비되셨나요!"

자신감이 차오른 상준이 가볍게 호응을 유도했다.

"꺄아아아―!"

"전 죽을 준비도 됐어요!"

그의 한마디에 관객석이 열광하자, 상준은 기분 좋게 웃음을 터뜨렸다.

옆에서 도영이 능청스럽게 말을 이었다.

아까 긴장된다고 손을 떨 때는 언제고 몹시 차분해 보이는 모습이다.

아니.

손은 지금도 떨고 있구나.

'아이고.'

긴장하긴 엄청 한 모양이다.

마이크를 쥐고 있는 도영의 손이 파르르 떨리고 있었다.

"지진인가 봐요. 마이크가 떨리는 걸 보니."

도영의 한마디에, 옆에 서 있던 여학생들이 일제히 웃음을 터뜨렸다.

도영은 머쓱한 상황을 웃음으로 승화시키고는, 진행을 이어나갔다.

강주원이 봤다면 칭찬을 할 정도의 진행 솜씨다.

처음치곤 제법 잘하는데.

상준은 흐뭇한 얼굴로 웃으며, 도영의 말을 들었다.

"아, 나상준 씨. 지금 긴장 안 되시나요."

"아, 전 지금 괜찮습니다."

크으.

도영이 엄지손가락을 치켜올리며 감탄사를 내뱉었다.

원래도 말을 잘하는 도영은, 떨리는 손과는 달리 물 만난 물고기처럼 날뛰고 있었다.

"형이 지금 첫 차례인데. 부담되겠지만, 봐봐요. 저렇게 완벽하게 준비되어 있는 마인드!"

"꺄아아아—."

"왜냐면, 형이 저희를 처음 만났을 때, 한 말이 있거든요."

처음 만났을 때 한 말?

상준은 불안한 눈동자를 굴리며 기억 속을 뒤졌다.

첫 만남에 자신을 무시하고 드는 유찬에게, 한마디를 했던 기억이 있긴 한데.

설마.

상준의 얼굴이 불안감에 휩싸였다.

그러거나 말거나.

도영은 진지하다 못해 장엄한 표정으로 상준의 멘트를 따라 했다.

"무대에 오르는 걸 두려워하면 프로가 아니잖아요."

"와아아아—."

"이야, 미쳤죠?"

저걸 죽일까.

상준은 잠시 진지하게 고민했다.

"멋있어. 너무 멋있잖아요. 전 그날 운명의 울림을 느꼈습니다. 아, 이 형은 믿고 따라가도 되겠구나."

네가 언제 그렇게 나를 믿었다고.

상준의 얼굴이 급기야 일그러졌지만.

도영은 다시 한번 상준의 수치스러운 과거를 꺼내놓았다.

"무대에 오르는 걸 두려워하면. 크으, 프로가 아니긴 하죠. 그렇죠, 여러분?"

이미 팬들 사이에서는 함성이 터져 나오고 있었다.

"꺄아— 프로다아악!"

차라리 죽여줘…….

붉게 달아오른 상준의 귀가 그렇게 말하고 있었다.

상준은 창백하게 질린 얼굴로 도영을 노려보았다.

"하하, 파이팅!"

망할.

정작 폭탄을 투여한 도영은 마냥 해맑은 얼굴로 물러섰다.

"프로! 프로! 프로!"

사방에서 터져 나오는 멘트에 상준은 죽을상이 되었지만.

단체로 무대를 선보이기 전에, 꼭 지나야 할 관문이 있었다.

서재진의 솔로 무대보다도 상준의 차례가 먼저이니.

긴장이 될 수밖에 없다.

"자, 박수로 맞이해 주세요!"

도영의 우렁찬 목소리와 함께.

"솔로 무대 시작하도록 하겠습니다."

침을 삼킨 상준이 진지한 얼굴로 고개를 들었다.

붉게 달아올랐던 얼굴은 온데간데없었다.

지금 이 자리에 서 있는 상준은, 정말 프로였다.

무대를 두려워하면 프로가 아니니까.

「무대의 포커페이스」.

상준은 완벽히 아련해진 표정으로 마이크를 잡았다.

도영을 조지는 건 무대 이후에도 충분하니.

지금은 무대에 집중해야 했다.

그리고, 무엇보다도.

뒤에서 빤히 바라보고 있는 서재진의 눈길이 거슬렸고.

"후우."

짧은 탄식과 함께, 상준이 편곡한 노래의 멜로디가 흘러나오기 시작했다.

어디선가 많이 들어본 듯한 도입부에.

상준이 손을 댄 감동적인 멜로디 선이 합쳐진다.

처음부터 하나였던 것처럼.

전혀 어색하지 않게 어우러지는 멜로디.

관객들은 반주만으로 직감했다.

'아리랑.'

그때의 그 매력적인 무대가 다시 펼쳐질 것이라는 걸.

"뭐야."

웅성대던 관객들도 순식간에 조용해졌다.

차분하게 가라앉은 관중석.

그리고.

아리랑을 불렀을 때의 그 아름다운 목소리로.

"He's gone~."

뜻밖의 아련한 무대가 시작되었다.

    *   *   *

조용하던 관객들의 입에서 탄성이 튀어나왔다.

그야말로 믿을 수 없는 무대.

아니, 단 한 번도 본 적 없었던 무대.

"폴 기브 미— 예에에에— 에!"

처절한 감정 연기와 호소력 있는 목소리.

TV에서 볼 때도 충분히 감탄이 절로 나왔던 보이스였지만, 실제로 보니 체감이 다르다.

"와……."

손을 흔들던 아까의 여학생은 넋이 나간 얼굴로 상준을 지켜보았다.

쉬지 않고 올라가는 완벽한 고음과 아름답게 편곡된 배경 사운드까지.

심장을 절로 뛰게 하는 무대 앞에서, 모두가 손을 모았다.

소름 돋다 못해 경건할 지경이다.

'이건 뭐지…….'

서재진은 혼란스러운 눈길로 상준을 바라보았다.

멍해 보이는 그의 얼굴 표정을 카메라가 실시간으로 담았다.

듣는 사람의 혼을 빼놓는 무대이다.

'상식 밖의 무대.'

아이돌이 헤비메탈 공연을 선보인다는 얘기는 들어보지도 못했다.

그것도 이렇게 고난도의 헤비메탈을.

원래도 유명한 록 버전이지만, 스스로 편곡을 한 것도 모자라.

원곡을 뛰어넘는 여운을 안겨주다니.

서재진은 이것이 같은 연습생의 실력이라고는 믿을 수 없었다.

아니, 10년 차의 대선배가 온다고 해도.

라이브로 이런 무대를 펼칠 수는 없을 터였다.

'졌다.'

재진은 무대를 하기에도 앞서, 깔끔하게 인정했다.

그가 준비한 무대는 그저 평범한, 그의 입장에서는 최선이었던 발라드와 댄스 퍼포먼스였다.

하지만 저렇게 임팩트 있는 고음은.

"아아아아악—"

미친 듯이 절규하는 듯한 상준의 목소리가 무대를 찢어놓았다.

아리랑의 우리의 소리였다면.

이건, 이건 세계의 소리.

"미쳤다."

도영의 한마디가 작게 울려 퍼졌다.

옆에 있던 재진도 비슷한 심정이었지만.

차마 입으로 내뱉을 수는 없었다.

'미친 새끼.'

그게 재진의 감상이었다.

＊　　　　＊　　　　＊

—와, 헤비메탈을 부르는 아이돌이 있냐
└살다 살다 헤비메탈 라이브는 첨 보네……
└히즈 건~~ 아웃 옵 마이 라이프~
—무대 보고 소름 돋았잖아
└아이돌의 무대가 맞나 싶다 ㅋㅋㅋ
└실시간으로 본 사람도 있음
└22
└그때 사람들 다 얼어붙었자너
—이번 무대가 아리랑보다 역대급이다
└솔직히 이건 상리랑 승이지
└우리 재진 오빠가 더 잘했거든요?
└응 아냐 돌아가
└뭘 돌아가 뒤지고 싶냐?
└고만 싸워라. 니들은……

그날, 버스킹에 참여했던 팬들의 직캠은 빠르게 퍼졌고.
각종 커뮤니티를 중심으로 상준에 대한 글이 쏟아져 나왔다.
상리랑이니, 메탈상준이니, 팬들이 애정으로 지어낸 각종 수식어까지 따라붙었고.
"요즘 아주 잘나가네. 이대로 데뷔시켜도 되겠어."

유지연 선생은 기사를 훑으며 담담하게 내뱉었다.

살짝 발성만 알려줬을 뿐인데, 처음 이곳에 왔을 때와는 비교도 안 되게 늘어버린 상준이다.

'대단한 애야.'

그 사실 하나만큼은 유지연 선생도 인정할 수밖에 없었다.

거기다가 선곡은 퍼펙트했고.

아이돌로서는 화제성이 최고의 조건이다.

조승현 실장은 만족한 얼굴로 목청을 높였다.

"봐봐, 내 아이디어 죽이지?"

지난 무대는 충분히 파격적이었다.

그만큼 대중의 시선을 쏠리게 할 수 있었던 무대였고.

조승현 실장은 김이 솔솔 올라오는 커피를 내밀며 미소 지었다.

"아리랑은 처음에 제가 제안한 거거든요?"

유지연 선생이 피식 웃으며 말을 얹었다.

상준에게 대강 내막을 들었던 조승현 실장은 황당하다는 입장이었다.

"아니, 그게 왜 유지연 선생이 제안한 거야? 상준이가 한 거구만."

"아이디어! 아이디어 말하는 건데요."

"그러니까. 그 아이디어도 상준이가 한 거잖아."

별 대수롭지도 않은 걸로 싸우고 있다.

최서예 작가는 붉은 뿔테 안경을 치켜올리며 그들을 유심히 바라보았다.

크흠.

찰나의 순간, 머쓱한 눈길이 닿았다.

조승현 실장은 어색한 미소를 지으며 입을 열었다.

"아. 작가님."

최서예 작가는 대답 대신 서류를 내밀었다.

'드라마 인 드라마'.

야심차게 준비한 그녀의 신작이었다.

연기면 연기, 예능이면 예능.

두 마리 토끼를 둘 다 잡자는 의미에서 구상한 프로그램이다.

말 그대로 드라마를 찍는 과정을 찍겠다는 프로인데.

자칫하다가는 다큐가 될 수 있는 상황에서 예능감을 뿜어낼 출연자들을 섭외해야 했다.

그중에서도.

'좀 또라이가 필요해.'

기왕이면 성실한 또라이.

그 판단을 마친 최서예 작가의 눈에는 오직 한 사람밖에 들어오지 않았다.

요즘 '마이픽'으로 핫한 아이돌 반열에 떠오른 나상준.

비주얼만으로도 화제성을 끌어모을 타입인데, 사차원 같은 선곡까지.

최서예의 두 눈이 빛날 수밖에 없었다.

최서예 작가는 바로 본론으로 들어갔다.

"저희 측에서 내건 조건은 이미 읽어보셨을 텐데. 곧 촬영에 들어가야 해서요. 어떻게 생각하세요?"

그녀가 이렇게 직접 찾아오는 경우는 흔치 않다.

제법 결연한 기색이 역력한 그녀의 표정에 조승현 실장은 의

아해졌다.

그렇게 상준이 마음에 들었던 걸까.

멍한 눈으로 바라보고 있는 조 실장에게, 최서예가 당당하게 말을 던졌다.

"걔는 제가 딱 픽스했거든요. 빨리 결정해 주셨으면 좋겠는데."

연예계에 떠도는 수많은 소문이 있다.

그중에 하나가.

바로 눈앞의 이 작가가 픽스한 연예인은 뜬다는 소문.

"아, 그러셨구나. 허허. 그럼 저희 쪽에서는 뭐 따로 거절할 이유가 없죠."

조승현 실장은 자세를 고쳐 앉으며 너털웃음을 터뜨렸다.

본인 능력도 능력인 데다가.

하는 프로그램마다 잘되는 작가이니 마다할 이유가 없다.

하지만.

"근데 이거 연기하는 프로그램이라고 들었는데. 얘… 연기가 어떤지는 제가 잘 몰라서요."

"연기도 잘하겠죠. 다 잘하니까."

최서예 작가는 담담하게 내뱉었다.

노래면 노래, 춤이면 춤.

꼭 그게 아니더라도 얼굴이 열심히 일을 하고 있으니.

연기는 평범하게만 해줘도 되겠다는 게 최서예 작가의 생각이었다.

"이게 순수 드라마는 아니잖아요. 일단은 예능인데."

"아."

조승현 실장은 고개를 끄덕이며 유지연 선생을 슬쩍 돌아보았다.

어서 성의를 보이라는 듯한 유지연 선생의 눈길에, 조 실장은 다급히 입을 열었다.

"저희 회사 측에서 연기 수업 같은 건 곧 스타트할 거라서. 그 부분은 제가 지장 안 가게 준비해 두도록 하죠."

이 기회에 그녀와 연이 닿아, 쭉 같은 프로그램을 하게 된다면 더 바랄 게 없다.

조승현 실장은 일부러 입에 발린 말을 더했다.

그런데.

툭.

커피 잔을 내려놓은 최서예 작가의 입에선 뜻밖의 소리가 튀어나왔다.

"아뇨, 그냥 놔둬요."

"네?"

조승현 실장이 두 눈을 번뜩 떴다.

최서예 작가는 당당한 얼굴로 강조했다.

"리얼리티예요, 리얼리티. 어설프면 어설픈 대로 맛이 있죠. 저희가 정식 연기자를 섭외하는 건 아니잖아요?"

최서예 작가의 예리한 눈길이 조승현 실장에게 닿았다.

후.

커피 잔에 서린 김을 양손으로 닦아내던 최서예 작가는, 담담한 목소리로 말을 던졌다.

"나상준, 그 친구. 한번 만나봤으면 하는데."

TV로밖에 본 적 없는 사이지만, 괜한 호기심이 들었다.

단지 그래서 꺼낸 말일 뿐이지만.

'역시 소문대로 무서워.'

조승현 실장의 눈에는 퍽 다르게 보였다.

먹잇감을 찾아 물색하는 날카로운 눈빛.

혹시 그녀를 마주한 상준이, 지레 겁을 먹어버리지는 않을까 퍽 걱정이 되는 조 실장이었다.

"하하, 상준이는 아마 지금 연습이 바쁠 거예요."

"아, 네."

"아마도 경연 준비 때문에, 지금 밤도 새우고 아주 바빠서…… 허허, 부른다고 올 수 있을지……."

상준의 안위를 위해서였다.

경험도 없는 녀석이 괜히 유명 작가 앞에서 뻘쭘하게 서 있으면 어쩌나 하는 걱정.

그 걱정에 조 실장이 말을 늘어놓던 순간이었다.

벌컥.

"아, 실장님!"

문이 열림과 동시에 해맑게 울려 퍼지는 목소리.

그와 동시에 조승현 실장의 얼굴이 싸늘히 굳어버렸다.

"안, 안녕하세요……?"

굳어버린 건 상준도 마찬가지였다.

급하게 논의할 사항이 있어서 찾아왔을 뿐인데.

이렇게 대화를 나누고 있을 줄은 몰랐다.

조승현 실장 옆으로 유지연 선생에, 낯선 얼굴까지.

상준은 어색한 미소와 함께 고개를 90도로 숙였다.

"허허."

아까의 말과는 어쩐지 모순되는 상황 앞에서.

조승현 실장은 너털웃음과 함께 상황을 수습했다.

"우리 상준이가 바쁜데, 이렇게 시간을 내서 저를 찾아와 주고……."

급기야 횡설수설을 하고 있는 조승현 실장이다.

최서예 작가는 인상을 찌푸리며 그를 슬쩍 돌아보았다.

하지만, 그녀의 눈길이 상준에게 향하는 순간.

'와.'

살짝 올라왔던 짜증은 완전히 가셔 버렸다.

"얘기, 많이 들었어요."

최서예 작가는 미소를 지으며 상준을 올려다보았다.

스크린으로 수십 번은 돌려 보았던 얼굴이 눈앞에 서 있다.

실물이 훨씬 낫다며 속으로 감탄하던 그녀는, 거듭 고개를 숙이는 상준에 정신을 차렸다.

"감사합니다!"

대충 방송 관계자거나 소속사 관계자일 거라며.

상준은 초면인 여성의 신분을 예측했다.

모르는 얼굴이라면 인사부터 하는 게 상책이다.

최서예 작가는 만족스러운 눈으로 상준을 빤히 응시했다.

화면을 압도하는 비주얼에 훌륭한 인성.

은근히 숨겨진 예능 실력까지.

최서예 작가가 꿈에 그리던 그림, 그 자체였다.

상준을 캐스팅하겠다는 최서예 작가의 욕망이 한층 불타올랐다.

드라마 인 드라마.

몇 년 만에 갈고닦아 준비한 프로그램이니만큼, 자신은 있다.

올 테면 오고, 말 테면 말라.

들어오겠다고 아우성치는 수많은 출연진들에게 높은 자존심을 고수하던 그녀였지만.

이번만큼은 그를 직접 캐스팅하고 싶었다.

"아, 혹시⋯⋯."

"그런데 왜 온 거야?"

말문을 열려던 최서예 작가의 시도는, 때마침 입을 연 조 실장의 말에 묻혔다.

상준은 부드럽게 미소를 지으며 입을 열었다.

"아, 저 결정했습니다."

"결정?"

"무슨 결정?"

의미심장한 상준의 한마디에 유지연 선생도, 최서예 작가도 고개를 돌렸다.

아리랑과 헤비메탈에 이어서, 또 다른 무대가 탄생하는 것일까.

최서예 작가의 두 눈이 반짝였다.

"저, 출연하고 싶은 프로그램이 생겨서요."

프로그램?

상준의 한마디에 최서예 작가의 표정이 일그러졌다.

열혈 신인을 사로잡은 프로그램이 벌써 나타났다니.

이미 마이픽도 하고 있는 터라, 이대로라면 넋을 놓고 뺏길지도 모른다.

"어?"

그런 최서예 작가의 속을 모르는 상준은, 책상 위의 서류를 보고는 두 눈을 동그랗게 떴다.

[드라마 인 드라마].

검은색 글씨로 크게 적혀 있는 서류를 확인한 상준이 입이 조심스레 떨어졌다.

"어? 이 프로그램인데. 여기 있… 네요?"

강주원이 내건 조언도 그렇고, 프로그램 내용도 썩 마음에 들었다.

이참에 연기력을 대중에게 보여주는 것도 좋겠다 싶어 선택한 결정인데.

"꺄아아악—!"

난데없는 비명이 사무실에 울려 퍼졌다.

그것도 초면인 여자가.

상준은 기겁하며 한 걸음 뒤로 물러섰다.

"드라마 인 드라마의 최서예 작가라고 합니다! 반갑습니다!"

"어… 어! 네… 네!"

강주원이 말했던 그 최서예 작가……?

뒤늦게 그녀의 신원을 파악한 상준이 황급히 고개를 숙였다.

하지만, 정작 조승현 실장은 그녀의 태도 앞에서 이미 충격을 받아버린 뒤였다.

방금 전까지 날카로워 보이던 인상은 어디로 가고.

'원래… 저런 성격이었어?'

"만나서 정말 너무 반가워요. 어우, 다른 프로 가는 줄 알고 긴장했잖아요!"

"아."

멍하니 서 있는 상준을 두고.

최서예 작가의 수많은 질문이 쏟아지고 있었다.

"혈액형이 뭐예요?"

"아…… B형입니다."

"좋아하는 취미 있어요? 음식은?"

"……."

"휴식 시간에는 주로 뭐 해요?"

"저, 저는……."

항간에는 아직 알려지지 않았지만.

최서예 작가의 숨겨진 또 다른 취미는.

바로, 아이돌 덕질이었다.

제6장

드라마 인 드라마

그렇게 최서예 작가의 쏟아지는 질문 세례가 끝나고.

최서예 작가는 멍한 얼굴로 서 있는 상준을 향해 물었다.

아까와는 달리 제법 예리해진 눈길이었다.

"근데, 저희 프로그램이 어떤 점에서 마음에 들었어요?"

최서예 작가의 두 눈이 반짝였다.

상준은 침을 삼키며 차분한 목소리로 입을 열었다.

지나칠 정도로 원론적인 얘기였다.

"1인 미디어가 흥행하는 세태를 반영해 출연진들이 직접 드라마를 제작하고 그 순간을 기록하는 프로그램이라는 점에서 마음에 들었습니다."

순간 면접을 보러 왔나 싶을 정도로, 각이 잡혀 있는 목소리.

어디선가 들어본 듯한 익숙한 멘트에 잠시 고민하던 그녀는 놀란 눈으로 고개를 들었다.

'아니, 저건……'

서류에 있던 프로그램의 기획의도 그대로였다.

대충 쓰윽 검토만 한 줄 알았는데.

그걸 토씨 하나도 안 틀리고 전부 외웠다고?

의아한 최서예 작가의 눈길이 상준에게 닿을 때였다.

"기획은 강철원 프로듀서님이, 연출은 백승호, 황민아 피디님이, 대본은 최서예 작가님이……."

"아니, 그걸."

마치 로봇처럼 열심히 읊어대는 상준.

그런 그를 보다 못한 최서예 작가가 그의 말문을 막았다.

"그걸 다 외운 거예요?"

상준은 머쓱한 웃음을 터뜨리며 고개를 끄덕였다.

매사에 열심인 줄은 알았지만 눈앞에서 보니 더 충격이다.

성실한 또라이.

최서예 작가는 다시 한번 상준의 캐릭터를 확신했다.

"아니, 아무리 그래도 그렇지. 어떻게 이걸 다 외우고 있었어요?"

"프로그램을 제대로 파악하기 위해서는 노력이 필요하니까요."

아.

괴상한 논리다.

최서예 작가는 멋쩍은 미소를 지으며 납득하는 표정을 지었다.

상준이면 분명, 편의점 삼각김밥을 뜯을 때에도 들어가는 성분부터 외우고 먹을 타입이었다.

삼각김밥을 진심으로 이해하려 들겠지.

"하하."

쓸데없는 걸 왜 외우냐고.

평상시라면 그렇게 쏘아붙였을 테지만.

순진한 표정으로 자신을 내려다보고 있는 상준의 얼굴이 눈에 들어왔다.

"이해는 최고죠!"

"맞습니다, 작가님!"

빛이 나는 얼굴 앞에서 최서예 작가는 엄지손가락을 치켜들었다.

저렇게 열심히 하는데 굳이 퇴짜를 놓을 이유는 없었다.

"역시. 내가 사람은 잘 봐."

본인의 눈이 틀리지 않았음을 직감하며, 최서예 작가가 중얼거릴 때였다.

커피 한 모금을 들이켠 조승현 실장이 한 수를 던졌다.

"작가님."

"예?"

상준은 볼 때의 주접은 어디로 가고.

최서예 작가는 다시 사무적인 태도로 조승현 실장을 돌아보았다.

조승현 실장은 서류를 덮으며 고개를 들었다.

"상준이는 출연시키는 걸로 하고."

"네, 그런데요?"

최서예 작가는 뿔테 안경을 들어 올리며 살짝 인상을 썼다.

무언가 판을 벌이려는 듯한 기분.

뜸을 들이는 조승현 실장의 모습에서 불길한 기운이 느껴졌다.

아니나 다를까.

"저희 쪽에서도 조건이 하나 있는데."

"조건이요?"

최서예 작가가 볼멘소리로 물었다.

완벽한 출연진을 발견한 탓에 잊고 있었지만.

이 상황에서 굽히고 들어가야 할 사람은 자신이 아니다.

출연하자고 하는 연예인은 흘러넘치고, 사실상 KBC의 한 축을 쥐고 있는 최서예다.

그런 그녀를 향해 조건을 내걸다니.

그의 패기에 최서예 작가가 속으로 감탄하는 사이.

"한번 들어보시죠."

능글맞은 조승현 실장의 목소리가 울려 퍼졌다.

"후회하진 않으실 겁니다."

*　　　　*　　　　*

"슈웅ㅡ."

느닷없이 바람을 가르는 소리.

그것도 입에서 새어 나오는 소리에 상준은 입을 떡 벌렸다.

곧바로 강력한 폭음이 이어진다.

"투두둥. 으아아악!"

"……."

그러니까, 저 멀쩡한 나무 바닥 위를 열심히 구르면서.

혼자만의 전쟁영화를 찍어대고 있는 녀석은.

"저 친구예요?"

데뷔 조의 막내, 이제현이었다.

제현은 급기야 주머니에서 조약돌을 꺼내었다.

녀석의 정신세계에선 그것이 아마도 폭탄인 모양이었다.

요즘 들어 전쟁영화에 빠져 있다는 얘기는 들었는데, 저렇게 몸소 실천할 줄은 몰랐다.

"혼자서 잘 노네요."

조승현 실장은 저도 모르게 중얼거렸다.

상준은 고개를 끄덕이며 제현을 마저 지켜보았다.

무려 네 사람이 창문 너머로 자신을 보고 있음에도.

제현은 전혀 눈치채지 못한 기색이었다.

"크흑……. 내가! 내가 죽으면……!"

허공을 향해 외치는 간절한 목소리.

그런 제현을 지켜보던 최서예 작가는 한 줄 평을 내놓았다.

"이 와중에 연기는 잘하네요."

"하하……."

나름 추천하겠답시고 그녀를 데려왔는데, 영 이상한 모습만 보여주고 있으니.

조승현 실장의 속이 타들어갔다. 더 이상 보고만 있을 수는 없다.

벌컥.

조승현 실장은 큰 소리가 나게 문을 열어젖혔다.

"두두두두—."

엎드린 자세로 열심히 놀고 있던 제현이 고개를 들었다.

"아?"

"여기서 뭐 하냐."

제현은 먼지를 털며 몸을 일으켰다.

바닥을 굴렀다는 흔적을 내보이듯 옷이 온통 먼지투성이였다.

원래도 말이 그다지 없었던 제현은, 작은 목소리로 중얼거렸다.

"사격 연습."

"아니, 사격 연습을 왜 연습실에서 해."

조승현 실장이 황당한 얼굴로 웃음을 터뜨렸다.

제현의 눈길이 낯선 얼굴로 향했다.

"안녕하세요오……."

어쩐지 기운 없는 목소리다.

조승현 실장에게 꾸중을 들어서 그러는 모양인가 보다 싶었던 순간.

예상치 못한 한마디가 제현의 입에서 튀어나왔다.

"아, 거의 다 이기고 있었는데……."

아, 그런 거였어?

상준은 충격에 휩싸인 표정으로 제현을 응시했다.

마치 승리를 코앞에 두고 회군하는 장군의 눈빛이다.

뭔데 아련할까, 저 눈빛은.

'이 회사, 정체가 뭐야.'

충격을 받은 건 상준만이 아니었다.

아예 초면인 최서예 작가의 입장에선 충격이 더했다.

대체 어떻게 된 게…….

'이 회사는 정상이 없어.'

성실한 또라이에 이어서, 순수한 또라이까지.

최서예 작가의 두 눈이 다시 반짝이기 시작했다.

상준의 비주얼이 워낙 튀어서 그렇지만, 제현도 퍽 괜찮다.

"이 친구도 요즘 웹드라마 하나 출연하고 있거든요. 연기는 그렇게 잘해요."

조승현 실장이 다급히 제현을 어필했다.

최서예 작가는 유심히 제현을 훑었다.

어린 나이답게 느껴지는 귀여움과 은근히 맹한 매력.

이쪽도 시청자들에게 반응이 좋지 않을까.

'나쁘지 않은데?'

발굴되지 못한 원석을 발견한 심정으로.

최서예 작가는 못 이기는 척 조승현 실장에게 말했다.

"이 친구예요?"

"네, 그렇습니다."

꿀꺽.

조승현 실장은 침을 삼켰다.

"음, 정 그러시다면⋯⋯."

최서예 작가는 턱을 손으로 쓸어내리며 말을 끌었다.

조 실장의 속이 한층 더 타들어갔다.

'잘되어야 할 텐데.'

다른 누구도 아닌, 최서예 작가의 예능프로다. 나가게 되면 인지도가 오를 것은 당연한 일. 더군다나 데뷔도 앞둔 상황이니까.

여러 가지 계산이 얽힌 입장에서, 이번 프로그램은 JS 엔터에도 분명히 좋은 기회였다.

과연, 제현의 출연을 허락해 줄까.

잔뜩 긴장한 기색의 조승현 실장을 향해, 최서예 작가가 담담하게 말을 뱉었다.

"좋아요. 같이 출연시키도록 하죠."

*   *   *

"형, 방송국에는 먹을 거 있어?"

"배고파?"

"형, 프랜차이즈 햄버거집은 어디가 가장 맛있는지 알아?"

"아?"

"근데 사실 밥버거도 맛있어."

어째 대화가 안 이어진다. 사차원을 넘어 36차원의 어딘가에서 허우적대고 있는 제현을 돌아보며, 상준은 대기실 문을 열었다.

"안녕하십니까!"

덜컥.

끼익 하는 소리와 함께, 여러 명의 시선이 몰렸다.

일찍 도착한답시고 왔는데 이미 꽤 많은 출연진이 자리해 있었다.

"어, 선배님?"

거기에는 익숙한 얼굴도 함께.

상준은 강주원의 얼굴을 보고는 놀란 눈으로 인사했다.

출연진에 대해서는 첫 미팅 당일까지도 알려진 바가 없었다.

'마이픽'을 제외하고는 첫 예능 출연이니, 퍽 긴장되었던 상준이다.

그나마 아는 얼굴이 있어서 다행인데.

문제는 그 아는 얼굴이, 강주원만이 아니었다.

"네가 왜 여기 있… 냐……?"

잔뜩 인상을 찌푸리며 자리에서 일어선 인간은, 다름 아닌 서재진.

그조차도 상준이 올 줄은 몰랐다는 반응이다.

떨떠름한 공기가 둘 사이를 스쳤지만, 눈치 없는 강주원은 이를 알아채지 못했다.

"이야, 마이픽 멤버들이네."

"아, 그러게요. 이런 데서 보니까 너무 반가워요."

영혼이라고는 은하수 너머에 던져둔 서재진의 답변이 이어졌다.

상준은 속으로 웃음을 터뜨리며 여유롭게 그를 돌아보았다.

서재진은 상준을 퍽 경계하는 태세였지만, 상준은 아무래도 상관없었다.

요즘은 서로 그다지 부딪히는 일이 없었으니.

"잘해봐요."

악의 없는 상준의 한마디가 흘러나왔다.

서재진은 건성으로 고개를 끄덕이며 자리에 앉았다.

인사를 나눠야 할 상대는 그뿐만이 아니었다.

상준은 놀란 눈으로 고개를 돌렸다.

절로 감탄이 튀어나왔다.

"헉, 설마. 은솔 선배님?"

구석에 가만히 앉아 있던 뜻밖의 얼굴은 은솔.

아역배우로 데뷔해 무려 15년 이상의 연기 경력을 가진 화려한 여배우였다.

도도한 이미지가 매력적인 여배우.

최근에 그녀가 출연한 영화까지 본 적 있었던 상준이었다.

"와, 정말 팬입니다!"

상준은 감격한 얼굴로 고개를 숙였다.

연예인을 눈앞에서 마주하게 되다니.

은솔은 경직되어 있는 상준을 보곤 피식 웃음을 터뜨렸다.

"TV에서 봤어. 노래 잘하던데?"

"감사합니다!"

"춤도 잘 추고."

자신감 넘치는 태도와 쿨한 말투.

상준은 자신을 알아주는 은솔 앞에서 거듭 감사 인사를 전했다.

"꼭 데뷔해라. 뭐, 사실상 데뷔한 거지만."

은솔은 서류를 덮으며 피식 웃음을 흘렸다.

확실히 지금의 상준은 그만큼의 인지도가 있었다.

경직된 어깨로 그녀의 말을 새겨듣는 상준을 향해, 은솔이 당당하게 말했다.

"그러고 서 있지 말고, 가서 앉아 있어."

"아, 넵!"

떨리는 마음으로 서 있던 상준은 제현을 데리고 지정석에 앉았다.

국내 정상급의 톱배우를 앞에 두고 예능을 준비하는 입장이라니.

믿기지 않는 현실 앞에서 상준은 조용히 볼을 꼬집었다.

"악!"

아픈 걸 보니 꿈은 아니다.

상준은 피식 웃으며 제현에게 말을 걸었다.

"너는 꿈같지 않아?"

"뭐가?"

"막 예능 출연하고 이런 거."

제현의 반짝이는 눈이 상준에게 닿았다.

"어. 좋아."

담담한 한마디가 이어졌다.

굳이 두어 말로 표현하지 않아도, 그게 진심이라는 건 알 수 있었다.

감정 표현을 안 하는 편인 제현의 입에서 흘러나온 소리니까.

"음음."

나름의 본심을 털어놓은 제현은, 휴대전화 화면으로 시선을 돌렸다.

"뭐 봐?"

화면 속에서는 거대한 펭귄이 열심히 춤을 추고 있었다.

격하게 춤을 추다가 뒤로 넘어지는 펭귄.

분명 웃긴 장면인데, 유난히 진지한 표정이다.

상준은 호기심 가득한 눈으로 물음을 던졌다.

"뭔 생각해?"

"펭귄 고기는 맛이 있을까?"

"……."

이건 예상 못 했는데.

"앞다리 살이 맛있을까? 얘도 등심이 있을까?"

저런 코미디 영상을 보면서 펭귄 고기의 부위별 맛을 분석하고 있었다고?

상준은 혹시나 싶어서 한마디 말을 덧붙였다.

"제현아, 그 안에 사람 있어."

"나 바보 아냐."

"……."

"그냥 펭귄 고기가 궁금했을 뿐이라고."

툭.

휴대전화를 덮어버린 제현은 묘하게 뿌듯한 얼굴이었다.

엄청난 사실을 스스로 알아냈다는 데에 대한 자부심 같아 보였다.

아니, 대체 어떤 포인트에서 그런 자부심을 느낀 걸까.

절로 의문이 들던 순간이었다.

벌컥.

명랑한 목소리와 함께, 굳게 닫혀 있던 문이 열렸다.

"안녕하세요!"

현재 자리에 앉아 있는 건 다섯 명.

인원수를 보아하니 '드라마 인 드라마'의 마지막 출연진이 도착한 모양이었다.

대선배 아이돌 강주원, 대세 배우 은솔에 이어.

함께 방송할 출연진은 누구일까.

상준은 반가운 마음으로 고개를 들었다.

그런데.

"어?"

"어어어어……?"

긴 생머리에 베이지색의 교복을 입은 귀여운 페이스에, 생글생글한 눈웃음.

그러니까, 놀랍도록 익숙한 비주얼.

설마.

'그때, 팬이라고 했던……?'

버스킹 무대까지 찾아와 편지를 건넸던.

그때, 그 여자아이가.

상준의 눈앞에 서 있었다.

*   *   *

"허억."

긴장한 기색으로 문을 열고 들어온 아린 역시 놀란 건 마찬가지였다.

상준을 보고선 그대로 얼어붙는 눈동자.

아린은 두 눈을 끔뻑이며 90도로 고개를 숙였다.

"오오, 뉴 페이스네."

가만히 앉아 있던 은솔은 손에 쥔 볼펜을 돌리며 불쑥 말을 던졌다.

"안녕하세요!"

주위를 돌아봐도 모두 연예인이다.

아린은 여기저기에 고개를 숙이느라 바빴다.

그 와중에도 그녀를 빤히 바라보고 있는 상준에게로 시선이 향할 수밖에 없었다.

"저는 CH엔터 데뷔 조의 메인보컬 서아린이라고 합니다!"

아린의 싹싹한 인사가 이어지고 나서야, 상준은 상황을 이해할 수 있었다.

수많은 팬들 틈에서 교복까지 입고 있었으니 몰랐지만, 그녀 역시도 데뷔를 앞둔 연습생이었다.

빡센 연습에 시간을 내기도 힘들었을 텐데 몰래 빠져나와 버스킹 무대를 보러 왔던 모양이었다.

"잘 부탁드립니다!"

상준은 괜한 동질감을 느끼며 고개를 끄덕였다.

캐스팅 목록에 항상 뉴 페이스를 한 명쯤은 껴놓는다던 최서예 작가다.

확실히 신선한 얼굴이다. 은솔은 속으로 생각하며 미소를 지었다.

신인답게 조금은 어설픈 맛도 있고.

"이 프로그램 다 읽어보고 오셨죠?"

잔뜩 긴장한 신인들이 가만히 있으니, 강주원이 웃으며 말문을 열었다. '마이픽'에서도 그랬지만 경직된 분위기를 풀어주는 건 늘 그의 몫이었다.

상준은 격하게 고개를 끄덕이며 강주원을 돌아보았다.

"자, 그럼. 저희 역할부터 정해보았으면 하는데."

강주원은 대본의 내용을 슬쩍 훑더니 입을 열었다.

인원은 총 6명.

감독, 메인작가, 보조 작가, 연출, 카메라, 음향까지.

대본에서는 크게 여섯 파트로 역할을 나누라고 나와 있었다.

"흐음. 역할이 꽤 많네요."

물론 전문적인 작업이라면 당연히 제작진의 도움이 따르겠지만.

우선 웹드라마를 직접 만들어본다는 것이 프로그램의 취지인 만큼, 각자에게 역할이 배분될 모양이었다.

강주원은 자신감 넘치는 눈길로 입을 열었다.

"다들 하고 싶은 거 있어요? 전 감독 해보고 싶은데."

"이야, 강 감독님."

예능 경험이 많은 은솔이 곧바로 대사를 쳤다.

서재진은 멀뚱히 눈만 굴리고 앉아 있었다.

은솔이 무언가 결정을 내리기 전까지는 다들 기다리겠다는 분위기다.

아무리 예능이라지만 갓 신인이 치고 들어가기는 영 애매해서였다.

그런데.

"저 카메라요."

아니, 그런 신인이 여기 있었다.

"어?"

상준은 놀란 눈으로 제현을 돌아보았다.

어딜 가도 할 말은 확실히 하는 똘망똘망한 막내.

제현의 패기에 은솔이 웃음을 터뜨렸다.

"그래. 제현이 하고 싶은 거 다해."

"감사합니다."

제현이 공손하게 고개를 숙였다.

자기주장이 확실하니 이럴 때는 좋다.

본인이 하고 싶었던 역할인지 제현은 콧노래까지 흥얼거리며 신이 나 있었다.

"형은 뭐가 하고 싶은데?"

남에게는 좀처럼 관심 없는 녀석이 좋아진 기분 탓인지 물어왔다.

상준은 잠시 고민하다 입을 열었다.

연출 쪽은 잘 모르니 자신이 없고, 그나마 관심 있는 파트는 작가다.

그렇게 말했을 뿐인데.

"선배님!"

제현이 해맑은 얼굴로 손을 들었다.

"어?"

"형이 메인작가가 하고 싶대요."

"야… 야!"

상준이 기겁하며 제현의 손을 내렸다.

하지만 이미 제현의 폭탄 같은 한마디는 던져진 뒤였다.

작가는 둘째 치고 메인작가라니.

상준은 뒤늦게 벌어진 일에 두 팔을 내저었지만, 강주원이 감탄 섞인 목소리로 말을 거들었다.

"어울리네. 한번 해봐."

"아."

막연히 괜찮겠다 싶은 생각만 있었지, 실제로 메인작가로서 방송 분량을 따갈 생각은 없었지만.

계획이 완전히 틀어져 버렸다.

상준은 머리를 긁적이며 고개를 끄덕였다.

"네. 해볼게요."

일단 맡은 이상, 완벽하게 해낼 자신은 있었으니까.

곧바로 은솔의 목소리가 이어졌다.

"그럼 난 연출."

"저는 음향이요."

은솔이 연출에, 서재진이 음향을 맡다 보니.

자연스레 아린이 보조 작가가 되었다.

"잘 부탁드립니다!"

잔뜩 긴장한 아린이 상준을 향해 고개를 숙였다.

상준 역시 고개를 까닥이며 시선을 돌렸다.

"다들 무슨 스토리 좋아하세요?"

메인작가라니. 퍽 부담이 되는 자리다.

이제부터 전반적인 스토리는 모두 상준의 몫이었다.

부담감에 어깨가 무거워졌지만, 재능이 있다면 못 해낼 것도 없다.

"제가 참고해 보도록 할게요."

대신 의견은 충분히 들을 생각으로, 상준은 부드럽게 물었다.

은솔이 먼저 자연스레 입을 열었다.

"음. 나는 최근에 나온 드라마 있잖아. 저승사자 나오는 로맨스."

아.

한창 인터넷을 화려하게 달궜던 드라마 '저승이'.

저승사자와 어린 소녀의 감동적인 로맨스를 다룬 대박작인데.

상준도 인상 깊게 봤던 터라, 작은 글씨로 메모했다.

―저승사자.

"그다음은요?"

"저, 의견 있는데요."

가만히 있을 줄만 알았던 서재진이 손을 들었다.

상준은 의외의 눈길을 그에게 보냈다.

담담한 목소리가 입을 열었다.

"저는 가수가 되기 위해 오디션에 나가는, 그런 감동 스토리
좋아합니다."

아무래도 '마이픽'에 출연하고 있는 입장이다 보니, 가장 먼저 떠오른 스토리도 오디션 관련 스토리인 모양이었다.

서재진은 침을 삼키며 상준을 응시했다.

―오디션.

상준은 볼펜으로 새하얀 종이 위에 열심히 끄적였다.

"그 밖에 또 의견 있으신가요?"

"……."

연기 쪽에는 영 관련이 없었던 강주원은 머리만 긁적였다.

하지만.

"각자 맡고 싶은 배역 있어요?"

이 질문에는, 모두들 빠르게 달려들기 시작했다.

"저, 저! 있습니다!"

"저도!"

"제가 또 강 감독이잖습니까. 멋있는 거 뭔지 알지? 카리스마."

강주원이 먼저 팔짱을 끼며 말문을 열었다.

은솔이 지지 않고 덧붙였다.

"나는 섹시한 거."

"섹시……."

그 와중에도 상준은 진지한 얼굴이었다.

마치 그 어느 누구의 말도 놓치지 않겠다는 듯 강렬한 눈빛.

아린은 그런 상준을 바라보며 속으로 감탄했다.

'진짜 프로다.'

강주원과 은솔의 눈에는 그냥 열심히 하는 신인으로 보였겠지만.

'마이픽'을 통해 상준을 챙겨 본 아린의 입장에서는 새삼 다르게 느껴졌다.

정말 모든 걸 다 잘하는 사람, 아린이 그런 생각에 빠져 있던 순간.

"뭐 하고 싶어요?"

상준이 볼펜으로 끄적이며 물음을 던졌다.

하고 싶은 배역이라.

아린의 귀에 생생한 한마디가 울려 퍼졌다.

소속사에서 귀가 닳도록 들은 말이었다.

'존재감! 존재감이 중요하다고! 너네 쌩신인이잖아.'

이런 좋은 예능에 나오게 된 것도 기회다.

아린은 두 눈을 반짝이며 소박한 야망을 드러냈다.

"존재감 있는 역할이요!"

"이야. 확실한 친구인데?"

은솔이 웃음을 터뜨렸다.

아린은 당차게 주먹을 쥐며 다시 한번 외쳤다.

"존재감 있는 역할이 하고 싶습니다!"

"네, 참고할게요."

상준이 고개를 끄덕이며 아린의 말을 빠짐없이 적었다.

은솔과 강주원만큼은 아니겠지만 조금은 비중 있는 역할을 맡게 되면 좋겠다며.

아린은 속으로 중얼거렸다.

하지만.

"이… 이게 뭐예요?"

그 자리에 있던 누구도, 상준이 짜 올 대본을 예상하지 못했다.

*   *   *

눈앞의 흰 화면과 덩그러니 놓여 있는 키보드.

상준은 한참을 생각에 잠겨 있었다.

술술 떠오르던 악상과는 달리 스토리는 쉽게 떠오르지 않았다.

"어려운데."

상준은 작게 중얼거리며 머리를 감싸 쥐었다.

저승사자와 오디션. 모든 출연진들이 내걸었던 배역들까지.

정리되지 않은 생각들이 머릿속을 떠돌아다녔다.

"안 되겠다."

고민하던 상준은 과감하게 허공에 손을 뻗었다.

'마이픽'에 이어서 '드라마 인 드라마'를 진행하려면 당분간은 연기 관련 재능이 필요했다.

「위대한 언변술」.

예능프로에서 필요할 것 같은 언변술 재능을 남겨두고는, 상준은 나머지 재능을 반납해 버렸다.

어차피 대여 기간도 고작 며칠 남아 있었으니 아쉽긴 해도 어쩔 수 없다.

'당분간은 체화된 재능으로도 충분하니까.'

상준은 허공을 향해 과감한 손짓을 내저었다.

[3,452번째 재능 '연기 천재의 명연'을 대여하시겠습니까?]
[125번째 재능 '셰익스피어의 시나리오'를 대여하시겠습니까?]

툭. 툭.

메시지와 동시에 두 권의 책이 튀어나왔다.

새카만 책과 연주황빛을 띠는 두툼한 책.

빳빳한 재질의 책을 손으로 쓸어내리자, 곧바로 영감이 떠오르기 시작했다.

"와."

머릿속을 떠돌아다니던 조각이 맞춰지는 기분.

"이거 대박인데?"

타다닥.

상준은 쉴 새 없이 쏟아지는 아이디어 앞에서.

빠르게 화면을 채워 나갔다.

*   *   *

"여러분들의 취향을 열심히 담아봤습니다."

상준은 당당하게 입을 열었다.

열심히 메모까지 해가며 열의를 보였다는 것쯤은, 그 자리에 있던 모두가 안다.

그런데.

"이게 무슨 스토리야……?"

은솔이 당황스러운지 두 눈을 깜빡였다.

상준은 해맑게 말을 덧붙였다.

"아, 저승사자랑 오디션 나오는 스토리를 선호하셔서."

"그……."

강주원 역시 당황스러운 표정을 감추지 못했다.

분명 지나가는 얘기로 그런 멘트들이 나오긴 했으나, 전혀 관련 없어 보이는 두 키워드를 합칠 줄은 몰랐다.

강주원은 떨리는 손으로 상준의 시놉시스를 움켜쥐었다.

「저승듀스 56」.

상준이 짜 온 충격적인 스토리였다.

다름 아닌 56명의 연습생들이 저승사자가 되기 위해서 고군분투하는 스토리.

"신박하네요."

다들 넋이 나간 얼굴로 상준을 돌아보는 와중에도, 아린은 두 눈을 끔뻑이며 입을 열었다.

흔한 웹드라마의 소재가 아니라 완전히 새로운 이야기를 탄생시키는 모습이라니.

역시 완벽하다.

"대단해요. 어떻게 이런 생각을. 와, 정말 천재인 것 같아요!"

"이게?"

아린은 거듭 감탄을 뱉어냈다.

서재진은 영 아니었지만.

어떤 포인트에서 천재인지도 모르겠고, 이런 해괴한 스토리를 짜 온 의도도 이해할 수 없었다.

"아니, 무슨 생각으로."

서재진은 인상을 찌푸리며 상준의 의견에 딴지를 걸고 나섰다.

한 편의 코미디도 아니고 저승의 아이돌을 꿈꾸는 저승사자 컨셉이라니, 확실히 독특한 설정이긴 했다.

"난 괜찮은데?"

하지만, 어차피 예능이니까.

개그도 좋다.

만족한 강주원은 턱을 쓸어내리며 상준에게 물었다.

"그래서 내 배역은?"

"카리스마 있는 거 좋아하신다고 하셔서."

"어, 그렇지."

강주원은 만족스러운 미소로 고개를 끄덕였다.

담담한 상준의 한마디가 튀어나왔다.

"그래서 카리스마 있는 염라대왕으로 준비해 보았고요."

"어……?"

"나는? 섹시해?"

강주원이 황당한 두 눈을 굴리는 사이, 은솔이 진지하게 치고 들어갔다.

세련된 외모와는 달리 주로 청순한 배역을 맡아온 은솔이었기에, 이번만큼이라도 매혹적인 배역을 맡아보고 싶었다.

상준은 고개를 끄덕이며 은솔을 돌아보았다.

"네. 완전 섹시한 배역이에요."

"이야, 역시. 이 친구가 뭘 좀 아네."

은솔은 감탄과 함께 상준의 어깨를 툭툭 쳤다.

상준의 손에 쥔 대본만 슬쩍 봐도 상당한 퀄리티의 작품이 느껴졌다. 이쪽으로는 문외한인 신인 아이돌치고는 제법이다.

그렇게 은솔이 착각하던 순간이었다.

"근데 어떻게 섹시한 역할인데?"

"섹시한 처녀 귀신이요. 실감 나는 연기 부탁드립니다."

"응……?"

스토리만큼 배역도 당황스럽다.

자신이 맡은 모든 배역에 심취하여 몰입도 있는 연기를 선보이는 그녀였지만.

이번만큼은 그런 연기를 선보일 수 있을지 걱정이 되기 시작했다.

카리스마 있는 염라대왕에 섹시한 처녀 귀신까지.

예상을 두 번 앞구르기로 뛰어넘는 배역 탓에, 아린은 덜컥 불안해졌다.

"저! 저는 무슨… 배역인가요!"

아린이 긴장한 기색으로 침을 삼켰다.

섹시한 처녀 귀신이어도 좋으니, 존재감 있는 배역이면 충분했다.

그런데.

"공포영화 많이 보셨죠?"

"아……?"

뜬금없이 그건 무슨 소리일까.

아린은 두 눈을 끔뻑이며 고개를 기울였다.

파바박.

생동감 넘치는 장면이 상준의 머릿속에서 그려졌다.

확실한 명암 대비와 전체를 아우르는 음산한 분위기.

그리고 기괴한 사운드까지.

그 속에서 그녀가 맡을 배역은.

"갑자기 확 튀어나오시면 돼요. 분장 실감 나게 해서."

"네?"

아린의 눈이 순간적으로 멍해지고 있었다.

은솔과 같은 처녀 귀신이지만 그녀의 바람에 따라 확실히 존재감을 각인시킬 수 있도록 해주었다.

화끈하게 1분을 지배하는 역대급 존재감.

'역시 잘 짠 것 같아.'

자신이 그려낸 완벽한 시나리오를 제법 뿌듯하게 내려다보는 상준을 위해서라도, 아린은 차마 반대 의사를 표할 수 없었다.

애매하게 올라간 아린의 입꼬리가, 어색한 감탄을 내뱉었다.

"정말, 최고의 존재감이네요."

*   *   *

"이 세상이란, 제각기 어떤 역 하나를 맡아서 연기해야 할 무대죠."

상준이 제법 진지한 목소리로 입을 열었다.

셰익스피어가 남겼던 명언.

연극 쪽에도 조예가 깊은 은솔은 단번에 알아챘지만, 황당함에 웃음을 터뜨릴 수밖에 없었다.

"그래서 각자를 가장 잘 드러낼 수 있는, 그런 역할로 준비해 보았어요."

"아니, 그래서 저는 왜 짜증 나는 역할인데요."

그야 네가 짜증 나니까.

상준은 속말을 간신히 삼키며 부드러운 미소를 지었다.

"어울려서요."

"……"

나름 말을 돌린 건데, 비슷한 의미로 받아들여진 모양이다.

제현은 붉게 달아오르는 서재진의 얼굴을 흥미롭게 바라보았다.

이쪽과도 절대 초면이 아니다 보니.

제현 역시 마음에 담아둔 말이 많았다.

"완전 어울려요."

"허허."

칼같이 단호한 제현의 말에, 서재진은 못마땅한 표정을 감추지 못했다.

하지만 이 와중에 차마 더 말을 얹지는 못했다.

아린이 해맑은 얼굴로 입을 열었기 때문이었다.

"전 존재감 있는 역할이라서 좋아요!"

"와, 긍정적이네."

강주원이 깔깔거리며 아린을 돌아보았다.

아린은 무한 신뢰의 눈빛으로 상준을 올려다보고 있었다.

서재진은 그런 아린에게서 팬심이 저토록 위험한 것임을 깨달을 수 있었다.

"아니, 그러면 그냥 이대로 갈까?"

예능 욕심이 있는 강주원도 어깨를 으쓱이며 말을 던졌다.

서재진 혼자만 몹시 불만족한 얼굴이었지만, 강주원마저 저리 나오니 할 말이 없다.

시무룩해진 서재진이 힘없이 고개를 떨굴 때였다.

"한번 제가 보죠."

"작가님!"

유심히 그들을 지켜보던 최서예 작가가 불쑥 튀어나왔다.

저승사자 오디션 드라마라니.

예능도 중요하지만, 웹드라마의 흥행 역시 꽤나 중요한 포인트였다.

마냥 코미디 프로로 만들 생각은 없었기에, 최서예 작가는 심각한 얼굴로 시나리오를 채 갔다.

"시나리오 완전 처음 적어보죠?"

"네, 뭐……."

싸늘한 최서예 작가의 표정을 보니, 역시 이 소재는 아니었던 걸까.

신이 나서 시나리오를 써 내려갔던 기억이 떠올랐다.

재능에 있어서는 어느 정도 자신은 있었지만, 그녀의 평가에 괜히 어깨가 움츠러드는 것도 사실이었다.

"저승사자 56명……. 아니, 이건 또 무슨 신박……."

어이없다는 눈길로 말을 던지려던 순간.

긴장한 기색의 상준이 눈에 들어왔다.

이 와중에도 후광을 열심히 내비치고 있는 완벽한 비주얼.

"으음, 신박하고 괜찮네요."

최서예 작가는 침을 삼키며 부드럽게 미소를 지었다.

그제야 상준은 굳은 얼굴을 풀었다.

'심히 걱정되지만.'

어차피 아마추어에게 시나리오를 쓰게 한 시점부터 완벽한 퀄리티를 바라지 않았다.

영 이상한 부분이 있다면 자신이 도와주면 되니까.

"제가 한번 읽어볼게요."

180도로 바뀌어 버린 최서예 작가의 분위기에, 스태프들 사이에서 충격 어린 말소리가 튀어나왔다.

"갑자기 왜 저래?"

"뭐야, 무서워."

물론 최서예 작가의 귀에는 들어가지 않았지만.

최서예 작가는 최대한 부드러운 표정을 유지한 채, 시나리오를 펼쳤다.

"음."

쓰윽.

차마 입에 담을 수도 없는 신박한 플롯을 대충 넘기고.

최서예 작가는 시나리오의 첫 장면을 확인했다.

그런데.

"어?"

"무슨 문제 있어요?"

최서예 작가의 미간이 찌푸려진다.

상준이 놀란 눈으로 그녀를 빤히 응시했다.

잠깐의 침묵이 대기실을 흘렀다.

"뭐야."

누구도 쉽게 말을 꺼낼 수 없을 아우라를 풍기며, 최서예 작가는 정신없이 시나리오를 읽어나가기 시작했다.

휘리릭.

종이 넘어가는 소리만 들리기를 한참.

그렇게 얼마나 침묵이 흘렀을까.

최서예 작가의 입에서 감탄이 튀어나왔다.

"와, 미쳤는데?"

진심을 담은 최서예 작가의 한마디.

아직 원고를 보지 못했던 은솔이 두 눈을 번쩍 떴다.

"네?"

까다롭기로 유명한 최서예 작가다.

예능작가 이전에 드라마작가로도 활동한 적 있었고.

그런 그녀가 저렇게 호평을 내리기란 쉽지 않았다.

"잠깐만, 저도 볼게요."

은솔이 놀란 눈으로 시나리오를 확인했다.

마치 드라마작가가 쓴 거처럼 완벽한 형식의 시나리오.

문제는 그 형식뿐만 아니라 내용이었다.

"이건, 지금 당장 드라마로 만들어도 될 것 같은데요?"

은솔은 믿을 수 없다는 듯이 고개를 저었다.

시나리오 내용만 들었을 때는 무슨 또라이 같은 작품인가 싶었는데.

아니다. 이건 명작이다.

"말도 안 돼."

초반부터 세세하게 뿌려놓은 떡밥과, 사이다 같은 전개.

중간중간 섞여 있는 개그 포인트까지.

시나리오를 읽으면서 생동감 넘치는 장면이 눈앞에 그려졌다.

용암이 흐르는 세트장과 긴박감 있는 음향 사운드.

그 중앙에 서 있는 배우.

입에 착착 감기는 대사를 내뱉는 자신의 모습을 떠올리며.

은솔은 소름 돋은 몸을 두 팔로 감쌌다.

"이거야!"

영화로 나오면 천만 관객을 찍을지도 모르겠다고.

은솔은 진심 어린 말을 덧붙였다.

"확실히 그렇네요."

최서예 작가 역시 놀란 눈을 깜빡이며 상준을 돌아보았다.

"이걸 정말 혼자 쓴 거예요?"

상준은 대답 대신 고개를 끄덕였다.

창작 수업도 제대로 받아본 적 없는 아이돌이 이런 완벽한 시나리오를 쓰다니.

최서예 작가의 의심 가득한 눈길이 상준에게로 향했다.

"인터넷에서 기존 시나리오들 읽어보고, 비슷한 형식대로 써봤어요. 처음이라서 많이 미숙하긴 한데……"

미숙이라니.

최서예 작가는 기겁하며 한 걸음 뒤로 물러섰다.

성실한 또라이, 아니, 성실한데 재능까지 갖춘 또라이다.

춤과 노래를 곧잘 하는 데다, 비주얼까지 완벽해서 섭외한 건데.

이쪽은 그녀도 전혀 예상 못 한 부분이었다.

"제가 조금 터치하려고 했는데."

최서예 작가는 당황스러운 표정을 감추지 못한 채 말을 이었다.

이 정도 퀄리티까지는 바라지도 않았다.

1을 기대했더니 100을 만들어 올 줄이야.

최서예 작가의 당찬 목소리가 사무실에 울려 퍼졌다.

"이거, 그대로 들어가죠."

*   *   *

"센터가 이제 연기도 하네? 크으, 대박이다."

도영은 거듭 감탄을 내뱉으며 엄지손가락을 치켜세웠다.

현장에는 분주하게 카메라가 돌아가고 있었다.

연기하는 장면까지 쉴 새 없이 담아내겠다는 카메라 감독의 의지가 이쪽으로 향했다.

"애들아, 비켜라!"

"넵!"

도영은 황급히 자리에서 일어나며, 선우의 어깨를 툭툭 쳤다.

바로 옆자리 벤치에 앉자마자, 선우는 도시락을 꺼냈다.

김밥이 가득히 쌓여 있는 5인분 도시락이었다.

선우는 호기심 가득한 눈길로 주위를 둘러보았다.

"와, 여기 진짜 사람 많다."

분주한 스태프들과, TV 속에서나 봤던 출연진들.

연신 감탄이 튀어나올 수밖에 없는 분위기 속에서, 선우가 넌지시 말을 던졌다.

"촬영은 자신 있어?"

"대강. 대본은 다 외웠어."

상준은 고개를 끄덕이며, 제현을 돌아보았다.

메인작가가 주연을 맡아야 한다는 최서예 작가의 당부 때문에, 본의 아니게 대사가 가장 많은 상준이었다.

강주원도 있는데 자신이 주연인 희성 역을 맡게 될 줄이야.

상준의 심장이 빠르게 떨려왔다.

"너는 준비 다 했어?"

휴대전화에만 집중하던 제현을 향해, 상준이 슬쩍 물었다.

"엉."

제현은 한마디 말을 남기고, 다시 고개를 돌렸다.

그때, 조약돌을 들고 홀로 한 편의 전쟁영화를 찍은 걸 생각하면.

확실히 믿음이 가긴 했다.

'연기는 잘한다던데.'

그렇게 상준이 속으로 중얼거리던 순간.

"형! 혀어어엉!"

도영이 호들갑을 떨었다.

"형, 형! 그거 들었어?"

"뭐?"

오랜만에 멤버들이 전부 한자리에 모였다.

선우가 싸 온 김밥을 오물거리면서도, 멤버들의 시선이 도영에게로 향했다.

대박 특종이라도 물어 온 모양인데.

언제나 가장 소식이 빠른 도영이다.

"내가 들었는데……."

도영이 비장한 얼굴로 목소리를 낮췄다.

저렇게 나오니 괜히 더 궁금해진다.

"뭔데. 뭔데, 빨리 대답해 봐."

말을 끄는 도영을 가만히 기다리고 있을 리 없었다.

재촉하는 선우에 이어서, 유찬이 싸늘하게 말을 뱉어냈다.

"재깍재깍 말 좀 해라."

"어우, 저거 말하는 거 봐. 아주 그냥 싸가지가……."

"네가 답답하게 하잖아!"

또 싸운다.

"야!"

선우는 유찬 앞에 놓인 도시락을 뺏어 가며 단단히 당부를 던졌다.

"또 싸우면 이거 깡그리 뺏어 갈 줄 알어."

"놔, 먹을 땐 개도 안 건드려."

"네 성격이 개잖아. 아니, 개는 귀엽기라도 하지."

선우의 돌직구에 유찬이 조용히 입을 다물었다.

그제야 도영은 두 눈을 반짝이며 말을 이었다.

그리고, 도영의 입에서 나온 한마디는.

"……."

사뭇 놀라웠다.

"우리 숙소 생긴대."

뭐?

데뷔 조로 지정되긴 했어도, 아직 본격적인 데뷔 활동을 들어가지 않은 상태다.

더군다나 상준과 도영, 유찬이 '마이픽' 활동까지 하고 있으니 숙소는 한참 뒤에 생길 줄 알았는데.

"어딘데?"

"와, 미쳤다. 숙소 잡혔다고?"

곧바로 뜨거운 반응이 쏟아져 나왔다.

도영은 따끈따끈한 소식을 자신이 물어 온 것에 대해 퍽 뿌듯한 얼굴이었다.

"크으, 어때, 소식 빠르지?"

"야, 넌 그거 어떻게 알았어."

선우가 놀란 눈으로 되물었다.

리더인 선우에게도 아직 전달되지 않은 소식이다.

도영이 씨익 웃으며 한입에 김밥을 쑤셔 넣었다.

"에이, 딱 보면 몰라. 이 차도영 님이 말이야."

우물우물.

"우리 형… 한테… 켁!"

어쩐지 급하게 먹더라.

다급히 자랑을 쏟아놓으려던 도영은 기침을 내뱉으며 물을 삼켰다.

"크억… 억!"

잘못 삼킬 뻔했는지 제법 눈물까지 글썽인다.

그리고 그런 도영의 불행은 유찬의 행복이었다.

"어우, 그러게 내가 천천히 먹으랬잖아. 아이고, 어떡해."

"뭐? 네가 언제 내 걱정을 해줬냐! 엄유찬 저거 진짜."

도영이 주먹을 부들거리며 유찬을 노려보았다.

유찬이 장난스러운 눈길로 혀를 내민다.

"야, 엄유찬!"

한층 약 올라 하는 도영과 그걸 또 깔깔거리며 즐거워하는 유찬까지.

혀를 내두를 수밖에 없는 광경 앞에서.

순수한 막내의 한마디가 꽂혔다.

"바보들."

"이야, 우리 제현이가 맞는 말만 골라 하네. 김밥 한 줄 더 먹을래?"

선우가 기특하다는 듯이 김밥을 넘겨주었다.

"와."

도영과 유찬이 기가 차다는 얼굴로 혀를 찼다.

어느새 많이 커버린 막내는 뻔뻔한 표정으로 김밥을 우물거리기 바빴다.

상준은 멍해진 도영의 얼굴을 돌아보며 웃음을 터뜨렸다.

"숙소 최고네. 오늘 촬영 끝나고 바로 들어가는 거야?"

"어, 서프라이즈래. 내가 다 들었다."

도영이 엄지손가락을 치켜들며 말을 이었다.

"자, 그 얘기는 나중에 하고. 열심히 하고 와라!"

그래도 제법 응원의 말을 건네는 도영이다.

상준은 피식 웃으며 김밥에 코를 파묻고 있는 제현을 일으켰다.

아까부터 제작진이 사인을 보내고 있었다.

"자, 촬영 시작합니다!"

피디님의 우렁찬 목소리가 촬영장에 울려 퍼지고.

상준은 황급히 제현을 이끌고 앞으로 나섰다.

다시 심장이 빠르게 뛰기 시작했다.

'드라마 인 드라마……'

그들이 촬영할 드라마의 첫 씬이었다.

*   *   *

차가 빠르게 지나가는 시내.

완전히 뒤집혀 버린 차량과 난리가 난 도로.

상준은 몽롱한 얼굴로 고개를 들었다.

"여기는 어디죠……?"

햇살에 눈이 부시는지 찡그리는 듯 미세한 표정연기. 제현은 카메라 감독님의 도움으로 열심히 그 장면을 담아내고 있었다.

"와."

곧바로 스태프 석에서 감탄이 튀어나왔다.

제현의 어설픈 카메라 구도에도 한 치의 흔들림 없이 완벽하게 나오는 이목구비.

실물도 대단했지만 화면으로 보니 더 만족스러운 그림이 나왔다.

"컷. 오케이."

주변 풍경을 한 번 담아낸 뒤에, 곧바로 상준의 연기가 이어졌다.

"허억."

상준이 질겁하며 한 걸음 뒤로 물러섰다.

혼란스러워하던 그의 눈앞에 갑작스럽게 나타난 강주원.

현대와는 어울리지 않는 휘황찬란한 비단옷에 상준은 당황한 낯빛이 되었다.

그리고. 이 장면은.

교통사고로 사망한 주인공이 처음 저승사자를 마주하게 되는 장면.

상준은 머릿속 대본을 떠올렸다.

박희성: (신을 마주한 듯 움츠러들며) 누구세요?

상준의 손으로 직접 쓴 지시문이었다.

혼란스럽고도 겁에 질린 감정선을 섬세하게 살려내야 하는 파트다.

상준은 침착하게 고개를 들었다.

강주원이 담담한 시선으로 상준을 바라보고 있었다.

그 순간.

'억울하지 않아?'

기억속에 묻혀 있던 최 실장의 한마디가 상준의 머릿속을 스쳤다.

"헉."

새카만 어둠 속에서, 자신을 향해 걸어오던 그 발걸음.

그 위압감이 생생하게 세포를 깨웠다.

익숙하고도 선명한 기억.

'그렇게 노력했는데도 안 돼서. 열받지도 않아, 넌?'

갑자기 이게 왜 떠오르는 걸까.

상준은 당혹스러운 표정으로 침을 삼켰다.

당황한 티를 내서는 안 된다.

카메라가 돌아가는 중이라, 상준은 애써 표정을 감추기에 바빴다.

그런 그에게 강주원이 한 발짝 다가왔다.

저벅저벅.

'뭐지.'

어깨가 묵직해졌다.

상준은 떨리는 눈꺼풀로 강주원을 응시했다.

부드럽지만 엄숙한 목소리.

강주원이 천천히 입을 뗐다.

"오랜만이에요."

분명 대본에 있었던 내용인데.

왠지 모를 이질감이 상준을 감싸고 돌았다.

온몸을 짓누르는 듯한 위압감.

'설마.'

그의 모습에서 최 실장의 모습이 겹쳐 보였다.

그제야 상준은 깨달았다.

아까부터 자꾸 그때의 기억이 떠오르는 이유.

눈앞의 남자는 강주원이 아니다.

그 사실을 확신한 상준의 얼굴이 창백하게 질렸다.

한 걸음 뒤로 물러서는 상준에게, 강주원이 입꼬리를 올리며
속삭였다.

"아직 펼치지 못한 수많은 재능이 있을 텐데."

"……."

"너무 재능에 의존하지 말아요."

＊　　　　＊　　　　＊

"강주원 씨, 대본에 없는 대사 치시면 어떡해요!"

은솔의 날카로운 타박이 곧바로 이어졌다.

대본에도 없는 대사.

상준은 마른침을 삼키며 강주원을 똑바로 응시했다.

바로 그 순간.

"꺄아악!"

강주원이 힘없이 옆으로 고꾸라졌다.

"강주원 씨, 괜찮아요?"

"어머, 어떡해."

다급한 매니저와 스태프들이 쓰러진 강주원을 향해 달려왔다.

갑작스럽게 쓰러지긴 했지만, 겉으로는 멀쩡해 보였다.

상준은 떨리는 손으로 주먹을 쥔 채, 강주원의 상태를 확인했다.

"괜찮으세요?"

그때.

"뭐야?"

강주원이 인상을 찌푸리며 고개를 들었다.

상준의 예상대로였다.

"어흑……."

강주원은 악 소리를 내며 몸을 일으켰다.

아까의 위압적인 분위기는 씻은 듯이 사라진 뒤였다.

'분명 다른 사람이었어.'

무형의 존재가 무슨 메시지를 전하려고 했는지도 모른다.

상준은 초조한 얼굴로 강주원에게 물었다.

"정말 괜찮으세요?"

"아이고, 허리야."

강주원은 투덜거리며 기지개를 켰다.

깜빡 정신을 잃은 모양인데, 무슨 일인지 삭신이 다 쑤셔서였다.

걱정스러운 눈길로 자신을 내려다보는 사람들에게, 강주원이 너스레를 떨었다.

"괜찮아. 빈혈이 있어서 그래."

말은 그렇게 했지만 덜컥 겁이 나는 것도 사실이었다.

실제로 왜 쓰러졌는지조차 기억에 없었으니.

'건강검진을 받아봐야 하나.'

하지만, 이내 그 생각조차 강주원의 머릿속에선 희미하게 사라져 갔다.

마치 아무 일도 없었다는 듯이, 강주원은 촬영을 재촉했다.

"자, 다시 시작하자고. 잠깐 균형 잃은 거니까."

딱히 몸에 이상이 있었던 것도 아니라, 괜한 걱정을 끼치고 싶은 생각은 없었다.

"자자, 다시 시작합니다!"

강주원이 대수롭지 않다는 듯 감정을 잡기 시작하자, 놀란 얼굴의 스태프들도 자리로 돌아갔다. 촬영을 마치면 건강검진이라도 시켜봐야겠다고. 매니저만 걱정에 잠겼을 뿐.

그 뒤의 강주원은 원래의 활기찬 모습이었다.

"첫 번째 씬입니다!"

스스로 감독을 하고 연기를 하는 모습이라니.

강주원은 거추장스러운 옷을 펄럭거리며 바쁘게 뛰어다녔다.

그의 NG로 다시 찍게 된, 염라 역을 맡은 그가 갑자기 등장하는 씬.

"반가워요."

강주원의 부드러운 목소리가 말문을 연다.

아까와는 달리 위압감이 느껴지지 않는 목소리에, 은솔이 고개를 갸우뚱했다.

'아깐 진짜 무서운 기분이었는데.'

지금은 위엄이라고는 달나라에 던져놓은 모양새다.

은솔이 단호하게 말을 뱉었다.

"아까가 더 나았는데. 다시 해봐요."

"그러죠."

이들 중 연기 쪽으로는 가장 경력이 있는 은솔이다.

강주원이 고개를 끄덕이며 감정을 모았다.

카리스마 있는 염라대왕.

뭔가 근사한 표정을 지어 보이고 싶은데, 영 위압적인 표정이 지어지지 않았다.

"반가워요."

미지근한 강주원의 한마디가 다시 한번 흘러나왔고.

상준이 떨리는 목소리로 다음 대사를 뱉었다.

"누구세요?"

"잠깐만."

뭔가 이상하다.

상준은 인상을 찌푸리며 고개를 들었다.

은솔 역시 마음에 안 든다는 듯 고개를 젓고 있었다.

"다시 해봐요. 좀 더 살려서."

잘못되었어도 한참은 잘못되었다.

'이게 아닌데?'

극 중 희성의 감정에 완전히 몰입한 감정선이 나올 줄 알았다.

그런데, 아까의 연기에는 그런 감정선 따위 존재하지 않았다.

「연기 천재의 명연」.

설마. 그 재능이 사라져 버린 건가.

상준은 혼란스러운 낯빛으로 두 눈을 끔뻑였다.

'너무 재능에 의존하지 말아요.'

불안한 소리가 머릿속을 맴돌았다.

급격히 무너져 가는 상준의 표정을 바라보며, 강주원이 걱정스러운 얼굴로 물었다.

"괜찮아? 아니, 나는 괜찮다니까."

본인을 걱정하는 줄 아는 모양이었다.

상준은 어색한 미소를 지으며 표정을 관리했다.

저 뒤에 서 있는 스태프들이 수십 명.

멍하니 서 있는다고 해결될 일이 아니다.

"괜찮습니다. 다시 들어가죠."

불안함에 심장이 옥죄어왔다.

하지만, 재능이 없다고 이 상황에서 무너질 수는 없었다.

무사히 이 씬을 끝내야 하니까.

상준은 결연한 표정으로 주먹을 쥐었다.

"다시 시작합니다!"

곧바로 씬이 다시 이어졌다.

삽시간에 조용해지는 촬영장에서, 강주원이 담담한 목소리로 입을 열었다.

"반가워요."

불쑥 튀어나오는 강주원.

상준은 눈앞의 그를 빤히 바라보았다.

여기서부터는 온전히 그의 몫이었다.

'누구세요.'

그 한마디만 뱉으면 된다.

대사도 별로 없는 첫 번째 씬일 뿐인데.

아까의 말이 그의 귓가에서 자꾸만 울려댔다.

'너무 재능에 의존하지 말아요.'

듣기만 해도 움츠러드는 목소리.

그 위압적인 목소리를 떠올리며, 상준은 한 걸음 뒤로 물러섰다.

그때, 그 연습실에서.

그리고 지금 이 촬영장에서.

'내가 느꼈던 감정……'

그 감정을 그대로 옮기기만 하면 된다.

숨소리마저 들릴 법한 고요한 침묵을 깨고.

상준은 떨리는 목소리로 입을 열었다.

"누구… 세요?"

겁에 질린 목소리.

움츠러드는 어깨에 시선 처리까지.

"컷! 오케이!"

강주원의 역할을 대신하고 있었던 은솔이 감탄과 함께 외쳤다.

시나리오 속 지문을 완벽히 이해하고 풀어내는 능력.

촬영장에서 대선배들의 연기를 한두 번 본 은솔이 아니다.

'완벽했어.'

대본 속 박희성을 누군가 밖으로 끌어내 놓은 듯한 모습.

예능이니까 가볍게 생각하고 나왔을 줄 알았는데, 전혀 예상 밖의 실력이었다.

은솔은 거듭 감탄하며 상준을 유심히 바라보았다.

"컷! 오케이!"

이어진 씬에서도 상준은 완벽했다.

완전히 희성에 몰입한 표정에, 혼란스러운 감정을 그대로 담아내고 있었으니.

멀뚱히 서 있는 강주원의 발 연기 탓에 몇 번 재촬영이 이어졌지만, 오랜 대기 시간에도 상준은 흔들림이 전혀 없었다.

"자, 오늘 촬영은 여기까지 할게요!"

그렇게 몇 시간 동안 촬영이 이뤄졌을까.

'드라마 인 드라마'의 PD가 한마디를 하고 나서야.

"후우⋯⋯."

상준은 창백해진 얼굴로 가슴을 쓸어내렸다.

＊　　　　＊　　　　＊

'분명 갑자기 능력이 사라졌었어.'

오늘의 연기는 온전히 상준의 몫이었다.

알 수 없는 존재의 목소리를 듣자마자, 「연기 천재의 명연」은 갑작스레 사라져 버렸다.

대여 기간이 끝나지 않았음에도.

"수고했어."

불안한 표정으로 입술을 잘근거리던 상준은, 갑작스러운 한마디에 고개를 돌렸다. 한쪽에 휘황찬란한 가방을 걸쳐 멘 채 팔짱을 끼고 있는 은솔이었다.

"연기 잘하던데? 나중에 이쪽으로 와도 되겠네."

은솔이 흥미롭다는 눈길로 상준을 슬쩍 바라보았다.

'다행이다.'

상준의 그녀의 말에 안도의 한숨을 쉬었다.

춤과 노래는 완전히 처참했는데, 그대로 이쪽에는 재능이 조금은 있었던 모양이었다.

혼신의 힘을 다해 쏟아낸 연기였다. 순수하게 자신의 능력으로 인정을 받은 건 오랜만인 터라, 상준은 우렁차게 말을 뱉었다.

"감사합니다!"

싹싹하게 인사를 마친 상준을 살피고는, 은솔은 바로 밴으로 향했다.

"그래. 다음 촬영 때도 잘하자."

또각또각.

멀어지는 그녀의 구두 소리를 들으며.

상준은 오늘의 생각을 정리했다.

띠리링—.

[3,452번째 재능 '연기 천재의 명연'을 대여하시겠습니까?]

메시지는 아무 일 없었다는 듯 제대로 작동했다.

수락 버튼을 누르자마자, 언제나처럼 책 한 권이 튀어나왔다.

아까는 그렇게 말썽을 부려놓고선.

"되잖아?"

툭.

허공에서 떨어지는 검은 책. 상준은 황당한 얼굴로 책을 받았다.

두툼한 책 한 권이 상준의 손에 쥐어졌다.

그런데.

"뭐지?"

그 위에 붙어 있는 노란색 포스트잇.

상준은 고개를 숙여 포스트잇의 내용을 확인했다.

[너무 재능에 의존하지 말아요.]

아까 강주원의 입으로 들었던 말.

"아."

초조한 상황 탓에 아까는 이해하지 못했지만.

이제는 그 말의 의미를 알 것도 같았다.

노력이 없으면 재능도 따라오지 않는다는 말.

"……."

재능 서고에서 재능을 대여할 수 있게 된 후, 어느 순간부터 재능을 체화하고자 했던 노력도 게을러졌다.

한 번에 세 권을 대여할 수 있었던 데다, '마이픽' 연습만으로도 충분히 벅찼으니까.

그래서 경각심을 주고 싶었던 모양이었다.

'이 재능이 온전히 내 것은 아니니까.'

고로, 온전히 자신의 것으로 만들어야 했다.

상준의 두 눈이 다시 열의로 불타올랐다.

검은 책을 양손에 쥔 그의 손이 파르르 떨리고 있었다.

'체화하자.'

노력해서. 눈앞의 이 재능을 반드시 가져갈 것이라고.

그렇게 상준이 중얼거리던 때.

"형! 형, 거기서 뭐 해?"

도영이 헐레벌떡 달려왔다.

어차피 그의 눈에는 보이지도 않을 책이지만, 상준은 멋쩍은 미소로 책을 숨겼다.

"형!"

도영은 거친 숨을 몰아쉬며 말을 뱉었다.

"빨리 오라서. 조승현 실장님이."

"아, 그래?"

"오늘, 숙소 보러 간대."

상준의 입꼬리가 부드럽게 올라갔다.

뜻밖의 좋은 소식이었으니.

상준은 검은 책을 움켜쥔 채 도영의 뒤를 따라 달렸다.

"야, 같이 가!"

"빨리 오라고. 숙소 안 볼 거야?"

"와아악! 숙소래요!"

신이 난 그들의 목소리와 함께.

책에 붙어 있던 조그만 포스트잇이.

바람에 나풀거리며 날아올랐다.

*　　　　*　　　　*

"여기가… 숙소예요?"

도영의 떨리는 눈꺼풀로 입을 열었다.

인원은 다섯 명인데, 방은 겨우 두 개.

다섯 명이 모이면 가득 찰 법한 거실까지.

게다가 외관도 어딘가 낡아 보이는 비주얼이었다.

신축 아파트까지는 기대하지도 않았지만, 어쩐지 상상과는 다른 숙소의 외관 앞에서.

단체로 떨떠름한 얼굴이 되었다.

"형 숙소는 죽이던데."

도영이 작은 목소리로 중얼거렸다.

옆에 있던 유찬이 타박을 놓았다.

"야, 우리가 블랙빈급이냐고."

"이걸 팩폭을 꽂아버리네."

도영이 시무룩한 얼굴로 고개를 떨구었다.

예상보다 영 고요한 반응이다.

조승현 실장은 어깨를 으쓱이며 말을 던졌다.

"왜, 맘에 안 들어?"

"넹."

"오, 그럼 그냥 팔아치울까?"

조승현 실장이 뻔뻔한 얼굴로 말을 이었다.

"뭐 반응이 영 미적지근한데, 그냥 이거 팔아치우고……."

"아니, 왜 얘기가 그쪽으로 흘러가는 거죠!"

도영이 다급하게 조승현 실장의 팔을 움켜쥐었다.

조승현 실장은 삐죽 튀어나온 입으로 투덜대기 시작했다.

"왜? 맘에 안 든다며. 맘에 안 드는데 내가 강제로 있으라 할
수는 없잖니."

대단히 삐진 기색이다.

도영은 고개를 저으며 해맑게 웃음을 터뜨렸다.

이럴 때는 참 사람 좋은 웃음이다.

"아유, 농담한 거죠. 완전 좋아요. 너도 그렇지?"

그러고는 툭, 막내의 어깨를 친다.

막대 사탕을 오물거리던 제현은 담담하게 고개를 끄덕였다.

오늘도 막내는 거침없었다.

"쪼그맣고 아주 좋아요."

"쪼… 쪼그맣지. 대강 귀엽다는 의미예요. 집이 아기자기하다,
뭐 이런 뜻?"

하하.

잠자코 서 있던 선우가 열심히 제현의 말을 포장했다.

조승현 실장은 입가에 미소를 머금은 채, 열심히 놀고 있는 녀
석들을 바라보았다.

"열심히 하라고."

"넵!"

"열심히 하면, 이거에 몇 배는 큰 데로 바로 옮겨줄 테니까."

조승현 실장의 한마디에, 상준은 격하게 고개를 끄덕였다.

열심히 하는 거라면 누구보다 자신 있으니까.

조승현 실장은 미소를 지은 채 말을 이었다.

"그래, 다들 좀 쉬고."

새 숙소를 맞이한 설렘.

곧 데뷔를 앞두고 있다는 것이 한층 더 실감 났다.

좁디좁은 숙소 안으로, 붕 뜬 멤버들의 감정이 고스란히 전해져 왔다.

덜컹.

조승현 실장이 문을 열고 나가려던 순간.

"아, 맞다. 얘들아."

무언가가 떠올랐는지, 그의 표정이 어두워졌다.

그리고, 그다지 듣고 싶지 않았던 소식이 그의 입에서 튀어나왔다.

"내일, 순위 선발식 있는 거 알지?"

"아."

"아아……."

'마이픽'의 첫 번째 순위 선발식이.

하루 앞으로 다가와 있었다.

『탑스타의 재능 서고』 2권에 계속…